AF185910

Tucholsky Wagner Zola Scott Sydow Freud Schlegel
Turgenev Fonatne
Wallace

Twain Walther von der Vogelweide Fouqué Friedrich II. von Preußen
Weber Freiligrath Frey

Fechner Fichte Weiße Rose von Fallersleben Kant Ernst Frommel
Richthofen

Hölderlin
Fehrs Engels Fielding Eichendorff Tacitus Dumas
Faber Flaubert
Eliasberg Ebner Eschenbach
Feuerbach Maximilian I. von Habsburg Fock Eliot Zweig
Ewald Vergil
Goethe Elisabeth von Österreich London
Mendelssohn Balzac Shakespeare
Lichtenberg Rathenau Dostojewski Ganghofer
Trackl Stevenson Doyle Gjellerup
Mommsen Tolstoi Hambruch
Thoma Lenz Hanrieder Droste-Hülshoff
Dach Verne von Arnim Hägele Hauff Humboldt
Reuter Rousseau Hagen Hauptmann
Karrillon Garschin Gautier
Damaschke Defoe Hebbel Baudelaire
Descartes
Hegel Kussmaul Herder
Wolfram von Eschenbach Dickens Schopenhauer
Darwin Rilke George
Bronner Melville Grimm Jerome
Campe Horváth Aristoteles Bebel Proust
Bismarck Vigny Barlach Voltaire Federer Herodot
Gengenbach Heine
Storm Casanova Tersteegen Grillparzer Georgy
Chamberlain Lessing Langbein Gilm
Brentano Lafontaine Gryphius
Strachwitz Claudius Schiller Kralik Iffland Sokrates
Katharina II. von Rußland Bellamy Schilling
Gerstäcker Raabe Gibbon Tschechow
Löns Hesse Hoffmann Gogol Wilde Vulpius
Luther Heym Hofmannsthal Gleim
Roth Klee Hölty Morgenstern Goedicke
Heyse Klopstock Kleist
Luxemburg Puschkin Homer Mörike
La Roche Horaz Musil
Machiavelli Kierkegaard Kraft Kraus
Navarra Aurel Musset Moltke
Nestroy Marie de France Lamprecht Kind Kirchhoff Hugo
Laotse Ipsen Liebknecht
Nietzsche Nansen Ringelnatz
Marx Lassalle Gorki Klett
von Ossietzky May Leibniz
vom Stein Lawrence Irving
Petalozzi Knigge
Platon Pückler Michelangelo Kafka
Sachs Poe Kock
Liebermann Korolenko
de Sade Praetorius Mistral Zetkin

Schloß Kostenitz

Novelle

Ferdinand von Saar

Impressum

Autor: Ferdinand von Saar
Umschlagkonzept: toepferschumann, Berlin

Verlag: tradition GmbH, Hamburg
ISBN: 978-3-8424-1309-2
Printed in Germany

Ziel der TREDITION CLASSICS ist es, tausende deutsch- und
fremdsprachige Klassiker wieder in Buchform verfügbar zu
machen. Die Werke wurden eingescannt und digitalisiert. Dadurch
können etwaige Fehler nicht komplett ausgeschlossen werden.
Unsere Kooperationspartner und wir von tradition versuchen, die
Werke bestmöglich zu bearbeiten. Sollten Sie trotzdem einen Fehler
finden, bitten wir diesen zu entschuldigen. Die Rechtschreibung der
Originalausgabe wurde unverändert übernommen. Daher können
sich hinsichtlich der Schreibweise Widersprüche zu der heutigen
Rechtschreibung ergeben.

Karl von Thaler in alter Freundschaft zuge-
eignet.

I.

In der Nähe eines Grenzgebirges, dessen westliche Ausläufer sich dicht bewaldet in's flache Land erstrecken, liegt auf mäßiger Höhe ein weitausblickendes Schloß, das sich im Laufe der letzten Jahrzehnte nicht allzu freundlich von dem Hintergrunde dunkler Tannen abgehoben hatte. Denn die Mauern waren verwittert, die Fensterläden geschlossen, und um das schweigende Portal wehte der stille Hauch der Verödung. Unten aber dehnte sich die Ebene aus, damals wie heute, ein sonniges Bild regen, werkthätigen Lebens. Hart am Fuße des Abhanges ein stattlicher Marktflecken, in dessen Umkreise der schwarze Diamant, die Steinkohle, geschürft und auf unübersehbaren Feldern, von nur schmalen Strichen Kornes eingerahmt, die gelb blühende Oelpflanze und die zuckerspendende Rübe gebaut wurde. Dazwischen, weithin zerstreut, einzelne Schachte und Fabrikgebäude, gegen deren geschwärzte Mauern und qualmende Schlote sich hier und dort ein hellschimmerndes Landhaus um so lieblicher ausnahm. Von dort herauf erklang tagsüber, bald lauter, bald gedämpfter, das Gepolter der Maschinen, das Brausen der Dampfkessel, der gellende Schall der Werkglocken – und verzitterte in den Wipfeln des Schloßparkes, wo auf dem verschlammenden, von Wasserrosen überdeckten Teiche ein einsamer Schwan die stillen Kreise zog. –

Im Frühling des Jahres 1849 jedoch hatte dieser verlassene Herrensitz einen noch ganz freundlichen Anblick dargeboten. Auch war gerade in jener Zeit eine Anzahl von Arbeitern erschienen, um das Schloß, welches von seinem damaligen Besitzer, dem Freiherrn von Günthersheim, bis jetzt nur im Sommer benützt worden war, zu dauerndem Aufenthalte in Stand zu setzen. Und bald konnte man auch in der Umgegend die Kunde vernehmen, daß der Freiherr des hohen Staatsamtes, das er bekleidete, enthoben worden sei und sich nunmehr mit seiner Gemahlin für immer hieher zurückzuziehen gedenke. In der That kam eines Abends – zu Anfang des Juni – auf der staubigen Landstraße ein mächtiger, mit Postpferden bespannter Reisewagen in Sicht, welchen in früherer Zeit schwarzbefrackte Honoratioren und weißgekleidete Mädchen mit Blumensträußen in den Händen würden erwartet haben; der aber jetzt, wo die verbrausten Stürme des Revolutionsjahres noch überall zerstörte und unklare Verhältnisse zurück gelassen hatten, bloß der Gegenstand einer halb flüchtigen, halb befangenen Neugier war. So geschah es, daß der Freiherr, als er mit seiner Gemahlin, einer noch jungen, leicht verschleierten Dame, unter dem Portal aus dem Wagen stieg, bloß von seinem Verwalter und einigen Nebenbediensteten empfangen wurde. Später jedoch kam es in der Gaststube des Goldenen Löwen, wo sich die hervorragendsten Bürger und Ansassen des Ortes allabendlich einzufinden pflegten, zu einer lebhaften Debatte über die Frage, ob man dem Schloßherrn, wie wohl derselbe nunmehr alle feudalen Hoheitsrechte eingebüßt habe, nicht doch eine Ovation hätte darbringen sollen. Denn es unterlag keinem Zweifel, daß er nur seinen liberalen Anschauungen, die er bekanntermaßen schon im Vormärz bethätigt hatte, bei dem abermaligen Umschwung der Dinge zum Opfer gefallen sei. Und in dieser Hinsicht verdiene er jedenfalls die hochachtende Anerkennung, das verständnißvolle Bedauern aufgeklärter und nach wie vor freiheitlich gesinnter Männer. Eine direkte Kundgebung, das müsse man nachträglich erkennen, wäre allerdings bei dem reaktionären Drucke, der gegenwärtig selbst auf dem platten Lande geübt werde und sich durch verschärfte Polizeimaßregeln jeder Art bemerkbar mache, nicht wohl thunlich gewesen; keineswegs aber könne es verargt, oder gar verwehrt werden, daß man von Seiten der Bürgerschaft dem Gutsbesitzer, zu welchem man seit Jahren in einem weitverzweigten Pachtverhältnisse gestanden und noch stehe, einen Höflichkeitsbesuch abstatte. Dabei wäre man ja recht wohl im Stande, die eigentliche Absicht sub rosa kundzugeben, und somit sei auch dann jede Versäumniß – wenn eine solche vorliege – wieder gut gemacht. Diese Anschauung, obgleich einige Aengstliche und Gleichgültige dagegen sprachen, wurde endlich mit Stimmenmehrheit zum Beschlusse erhoben, worauf man daran ging, die Mitglieder der beabsichtigten Deputation und deren Führer zu wählen.

Als dem Freiherrn am nächsten Vormittage das Erscheinen der Abgeordneten gemeldet wurde, war er eben beschäftigt, in seinem Arbeitszimmer – einem hochgelegenen Gemache mit weiter Fernsicht – einige nothwendige Einrichtungen zu treffen, und schien von der ihm zugedachten Ehre keineswegs freudig überrascht zu sein; denn ein Schatten von Mißmuth überflog sein Antlitz. Da es aber nicht anging, die Leute, welche sich draußen durch anspruchvolles Räuspern und Scharren mit den Füßen bemerkbar machten, unter irgend einem Vorwande abzuweisen, so ließ er sie, indem er eine wohlwollende Miene annahm, ohne weiteres eintreten.

Er ging ihnen einige Schritte entgegen, hörte die Rede des Sprechers, der ein kleiner, beleibter Mann war, in vorgebeugter Haltung an, erröthete flüchtig bei einigen bedeutungsvollen Stellen und dankte schließlich mit etwas leiser, aber klarer und eindringlicher Stimme für die wohlwollenden Gesinnungen seiner Mitbürger. Sie zu rechtfertigen, vermöge er leider nicht mehr; überhaupt bleibe jetzt dem Einzelnen sowohl wie der Gesammtheit nichts Anderes übrig, als sich in schweigender Ergebung zu fassen. Hierauf reichte er dem Führer die Hand zum Abschiede und geleitete die unter Bücklingen sich Entfernenden bis zur Thür. Allein geblieben, trat er langsam an ein Fenster und blickte gedankenvoll in den leuchtenden Tag hinaus. Der unvermuthete, wenn auch an sich ganz bedeutungslose Zwischenfall hatte doch, indem er Erinnerungen weckte, lebhaft auf ihn gewirkt. Und wie da draußen am Horizont weiße, schimmernde Wolkenmassen langsam emportauchten: so tauchte im Geiste des verabschiedeten Staatsmannes die Vergangenheit auf...

Der Freiherr von Günthersheim war nicht von altem Adel. Sein Großvater, einem bürgerlichen Geschlechte entstammend, war unter der Regierung Maria Theresias mit bescheidenen Anfängen in Staatsdienste getreten und hatte sich im Verlauf der Jahre dem Kanzler Kaunitz derart verwendbar erwiesen, daß er während der Josephinischen Aera zu immer höheren Aemtern emporstieg. Sein Sohn betrat unter dem folgenden Herrscher die gleiche Laufbahn und wurde später ob seiner Verdienste zur Zeit der französischen Invasion vom Kaiser Franz in den Freiherrnstand erhoben, welcher Auszeichnung er durch den Erwerb einer Herrschaft in Böhmen, die er von einem tief verschuldeten Cavalier unter sehr günstigen Bedingungen übernahm, auch eine reale Grundlage zu verleihen wußte. Dem Enkel war somit vorweg eine glänzende Zukunft eröffnet. Ursprünglich zur diplomatischen Carrière bestimmt, wurde er als noch ganz junger Mann während des Wiener Kongresses in der Staatskanzlei verwendet, wo er durch seine Fähigkeiten und seine ganz erstaunliche Arbeitskraft die Aufmerksamkeit Metternich's erregte. Der Fürst zog ihn nunmehr näher an sich heran, konnte ihn jedoch von der Richtigkeit des Regierungssystems, das jetzt in Österreich mehr und mehr Platz griff, nicht überzeugen; ihre Anschauungen gingen immer weiter auseinander, bis endlich der Freiherr, bereits selbst in höherem Amte, zu jenen Persönlichkeiten gehörte, welche im Rathe der Krone fortschrittliche Ideen entwickelten und neue Institutionen in's Leben zu rufen trachteten. So war er denn auch einer von Denen, welche, trotz Rang und Würden, die so plötzlich ausgebrochene Märzrevolution als erlösenden und verheißungsvollen Umschwung begrüßten. In jener vielbewegten Zeit mit einer leitenden Machtstellung betraut, mußte er gleichwohl in Folge der zunehmenden revolutionären Ausschreitungen Verfügungen erlassen, welche ihn in den Augen der Volksführer freiheitsfeindlich erschienen ließen und ihn eines Tages in die Lage brachten, sich vor einem erregten Pöbelschwarme, der sein Wohnhaus umwogte und drohend eindringen wollte, mit seiner fast zu Tode geängstigten jungen Frau in dem engen Zwischenraume einer Doppelthür verborgen zu halten. Dennoch harrte er auf seinem Posten aus und trachtete im Verein mit einigen Gleichgesinnten, den Kaiser, der sich inzwischen nach Innsbruck begeben hatte, zur Rückkehr nach Wien zu bestimmen, von welchem Schritte er Klärung der Verhältnisse und endliche Beruhigung erwartete. Als aber trotzdem die Greuel der Oktobertage folgten und der Hof nunmehr nach Olmütz zu fliehen gezwungen war: da konnte er zu seinem tiefen Schmerze nicht umhin, Denjenigen beizustimmen, die schon in den ersten glorreichen Freiheitstagen das Verderben und den Zerfall der Monarchie erblickt hatten. Er selbst mußte jetzt – mit welchen Gefühlen! – die einziehenden Truppen Windischgrätz' und des Banus als Retter und Erretter begrüßen; mußte erkennen, daß die Regierung keine anderen Maßregeln ergreifen konnte, als jene, die nun ein hochmüthig zufahrender, gewaltsamer Staatsmann an die Hand gab, und welchen der Freiherr selbst sofort zum Opfer gefallen war ...

Noch immer stand dieser in Gedanken am Fenster. Endlich machte er eine Handbewegung, als wollte er sagen: »vorüber!« Dann griff er nach seinem Hute und begab sich über die breite, von seinen Schritten leicht hallende Steintreppe in den Park hinab.

Still und sonnig lag das Parterre mit seinen bunten Blumenbeeten vor ihm ausgebreitet. Er durchschritt es und bog in einen breiten

Baumgang ein, der, sanft ansteigend, immer tiefer in die Schatten einer künstlich geschaffenen romantischen Wildniß hineinführte. Ringsumher zeigten sich, in höchst mannigfaltiger Abwechslung, bemooste Felsenpartien, kleine Teiche und Wasserfälle, Grotten, Eremitagen, lauschige Boskets mit eröffneten Fernsichten: Alles schon zu Ende des vorigen Jahrhunderts angelegt und durch ein zierliches Labyrinth von auf- und abführenden Pfaden mit einander verbunden.

Jetzt hielt der Freiherr still. Er hatte eine freiere Hochfläche erreicht und stand vor einer großen Wiese, die sich, von Eichen und alten Buchen umsäumt, in leuchtender Einsamkeit ausdehnte. Am anderen Ende ragte, dicht vor einem kleinen Birkenwäldchen, ein sehr geräumiger, etwas verwittert aussehender Pavillon auf, das Tirolerhaus genannt. Ein hölzerner, gedeckter Gang umlief von außen das erste Stockwerk; die Thür im Erdgeschoße stand offen, und auf einer daneben angebrachten Bank saß die Gattin des Freiherrn, das Haupt durch einen breitrandigen Florentiner Strohhut gegen die Strahlen der Sonne geschützt. Ein aufgeschlagenes Buch lag in ihrem Schooße; sie selbst aber blickte träumerisch vor sich hin. So tief schien sie in sich versunken, daß sie den Nahenden lange nicht bemerkte, der nun quer über das schwellende Grün der Wiese auf sie zuschritt.

Endlich hatte sie sein Erscheinen wahrgenommen, erhob sich und ging ihm mit etwas langsamen, aber höchst geschmeidigen Gliederbewegungen entgegen. Ihr schlanker Wuchs, noch mehr aber ihre ganz ungewöhnliche Schönheit ließen sie um Vieles jünger erscheinen, als sie in der That war. Erst bei näherer Betrachtung erkannte man die völlig ausgereifte Gestalt und jene leicht überschwellenden Formen, wie sie kinderlosen Frauen eigen zu sein Pflegen.

Jetzt stand sie vor ihm und schlang die weißen Arme, die aus langgeschlitzten Hängeärmeln hervor schimmerten, leicht um seinen Hals.

»Du kommst spät,« sagte sie, ihre großen Augen, die blau wie Kornblumen waren, zu ihm aufschlagend. »Ich habe Dich schon lange erwartet.«

Er erwiderte für's Erste nichts, und blickte nur in dieses Antlitz, das bei aller rosigen Helle einen zart bräunlichen Hautton aufwies und von einem solchen Zauber war, daß man es, auch nur einmal gesehen, nie wieder vergessen konnte. Und er! Wie oft hatte er sich schon in den unergründlichen Reiz dieser weichen und doch mit feinster Bestimmtheit geschnittenen Züge versenkt! Wie oft den sanften Bug der Nase, den unbeschreiblichen Liebreiz der Lippenbildung bewundert – und wie wurde er stets auf's neue davon überrascht und entzückt! Endlich sagte er: »Ich bin zurückgehalten worden; es war eine Deputation bei mir.«

Sie ließ die Arme sinken. »Eine Deputation?« fragte sie betroffen.

»Erschrick nicht,« entgegnete er, indem er zärtlich mit seiner schon etwas welken Hand über eine der dunklen Haarwellen strich, die zu beiden Seiten ihres Hutes hervorquollen. »Es ist von gar keiner Bedeutung. Man hat mir von Seiten der Ortsgemeinde eine Huldigung dargebracht, von der ich allerdings lieber verschont geblieben wäre. Da sie aber jetzt, wie alles Andere, bereits hinter mir liegt, so will ich sie gewissermaßen als Abschluß meines öffentlichen Wirkens betrachten – und nichts soll fürder unseren lieben Schloßfrieden stören.«

»So hoffe ich!« sagte sie, sich an ihn schmiegend. »Und doch,« fuhr sie nachdenklich fort, »fürchte ich auch, daß Dir dieser Frieden, diese Ruhe bald zur Last werden dürfte. Du bist so an Thätigkeit gewöhnt –«

»Ja,« antwortete er, während er seinen Arm leicht um ihre Mitte legte und sie langsam nach der Bank zurück leitete, auf die sich nun Beide niederließen, »ja, ich bin an Thätigkeit gewöhnt – aber ich bin auch erschöpft. Wer, wie ich, das Werk seines Lebens zusammenbrechen sah, der fühlt, daß er zu Ende ist und nicht etwa wieder von vorne anfangen – oder gar nach einer anderen Richtung hin wirksam sein kann. So ist man auch nur meinem eigenen Wunsche zuvorgekommen, als man mich, freilich ziemlich ungnädig, in den Ruhestand versetzte, und wenn mich heute noch ein bitteres Gefühl beschleicht, so ist es nur die Folge der Ueberzeugung, daß der Staat auf Bahnen zurückgeworfen wurde, die nie und nimmer zum Heile führen können. Wie unsicher, wie drohend erscheinen die Verhältnisse! Des Aufstandes in Ungarn ist man noch nicht Herr geworden, – Konflikte mit Deutschland hinsichtlich der Machtfrage scheinen sich vorzubereiten. Österreichs Zukunft ist es, was mich mit tiefer

Sorge erfüllt. Könnte ich darüber beruhigt sein, so würde ich mich glücklich preisen, endlich mir selbst – und meinem geliebten Weibe leben zu können.«

Er hatte bei diesen Worten ihre Hand erfaßt, um sie an die Lippen zu führen; sie aber bot ihm den Mund zu einem vollen, langen Kusse.

So ungleich auch das Paar erscheinen mochte: der Austausch dieser ehelichen Zärtlichkeit hatte nichts befremdliches. Denn der betagte Mann, der die blühende Frau umschlang, gehörte zu jenen seltenen Menschen, welche ohne Nachtheil alt werden können. War auch sein Haar ergraut, sein Scheitel gelichtet: seine schlanke, vornehme Gestalt war aufrecht und beweglich geblieben, und der geistige Adel seiner Stirn, der klare Blick seiner Augen wurden durch den fein sinnlichen Zug, der die Lippen umspielte, keineswegs geschädigt, sondern nur noch eindringlicher hervorgehoben. War er doch, als er zu Anfang der Vierziger Jahre einem öffentlichen Verwaltungsamte vorstand, im Volksmunde stets der »schöne Präsident« genannt worden. Und damals geschah es auch, daß er sich, nahezu ein Fünfziger, in die Tochter eines seiner ihm unterstehenden Räthe beim ersten Anblick leidenschaftlich verliebt, daß er um sie geworben – und ein freudiges Jawort erhalten hatte. Er war viel zu klug, um nicht einzusehen, daß dabei sein Rang und seine Glücksgüter sehr bedeutend in die Waagschale gefallen waren; aber er hatte trotzdem die überzeugende Empfindung, daß er seine kaum zwanzigjährige Braut auch durch die Vorzüge seiner Persönlichkeit fesselte und ihr durch die unverbrauchte Kraft seines im Innersten jugendlich gebliebenen Wesens fast jene Liebe einflößte, die er selbst für sie empfand. Ja, er wurde beglückt – aber auch er beglückte. Daran konnte, durfte er nicht zweifeln im Laufe einer nunmehr fast zehnjährigen Ehe. Aber wird dieser beseligende Zustand Dauer haben können? Auch jetzt noch, da er nun in der That die Schwelle des Greisenalters beschritten hatte? Und später....?

Diese Gedanken mochten es sein, die jetzt seine Stirn umwölkten und ihn mit gedämpfter Stimme sagen ließen: »Ja, ich werde hier glücklich sein, Clotilde. Aber auch Du?«

Sie sah ihn überrascht an. »Ich!? Wie kannst Du nur daran zweifeln? Du weißt doch, wie sehr ich unser schönes Kostenitz liebe.

Und jetzt, da wir uns ganz hier einleben können – was stets das Ziel meiner geheimen Wünsche war – jetzt sollte ich nicht glücklich sein können?«

Er sah, daß sie ihn nicht verstand. »Ich meinte es auch nicht so,« sagte er leise. »Ich zweifelte nur, ob Du Dich auch ferner an *meiner* Seite hier glücklich fühlen wirst.«

Sie verfärbte sich leicht. »An *Deiner* Seite?« rief sie. »Wie kommst Du zu dieser Frage, Alfons?«

Er senkte das Haupt. »Weil ich älter und älter werde – und Du noch im vollen Zenith Deines Lebens stehst.«

Nun hatte sie ihn begriffen. Sie sprang auf, legte die Hände auf seine Schultern und blickte ihm erschreckt und vorwurfsvoll in's Antlitz. »Alfons, was willst Du damit sagen? Was giebt Dir ein Recht, so zu sprechen?«

»Meine innerste Empfindung,« antwortete er demüthig, indem er ihre beiden Hände ergriff und sie sanft an die Lippen drückte. »Verzeih' mir, Clotilde! Es war gewiß thöricht, daß ich dieser Empfindung Ausdruck gegeben – aber ich konnte nicht anders.«

Sie stand vor ihm und sah ihm tief in die Augen. Mein Gott, ich fasse es nicht. Hast Du denn Etwas an mir wahrgenommen, daß Dich zu solchen Besorgnissen –«

»O nichts! Nichts!« unterbrach er sie hastig. »Du bist ein Engel an Güte und Zärtlichkeit!«

»O dann,« rief sie, »dann begreife ich nicht, wie Du Dich mit solchen Gedanken quälen kannst! Alfons!« fuhr sie fort, indem sie jetzt, eh' er es noch verhindern konnte, rasch an ihm niederglitt, kniend seine Hand ergriff und wiederholt an die Lippen drückte, »Alfons! Muß ich Dir denn erst versichern, daß es kein glücklicheres Weib geben kann, als ich es bin? Fühlst Du denn nicht, wie innig ich Dir angehöre? Und nun gar hier, ferne von den verwirrenden Eindrücken der Welt, in die ich mich, das weißt Du, niemals so recht habe finden können. O hier kann sich ja unser beider Glück nur erhöhen, und wenn Dir, wie gesagt, die Unthätigkeit nicht zur Last wird, dann wird auch nichts den Himmel unserer Tage trüben!«

Der Hut war ihr in den Nacken gesunken und ihr schönes Haupt kam ganz und voll zum Vorschein. Er streichelte mit Kosen die dunkle Haarfülle, die ihre zarte, schimmernde Stirn umfloß. »Kann es denn ein besseres Thun geben, als still in Deiner Nähe zu athmen?« sagte er lächelnd, während er sie mit sanfter Gewalt wieder auf die Bank empor zog. »Uebrigens ganz und gar müßig werde ich trotzdem nicht sein. Denn ich habe vor, die Geschichte der Jahre zu schreiben, die ich im Staatsdienste zugebracht. Sie wird vielleicht einem späteren Geschlechte zu Gute kommen.«

»Das ist ja herrlich!« rief Clotilde vergnügt aus. »Werde doch auch ich meine Beschäftigungen – oder Liebhabereien wieder aufnehmen, die mir so lange verwehrt und verkümmert waren. Schon habe ich meine eingetrockneten Aquarell-Farben hervorgesucht – und gleich morgen gehe ich an die Landschaft, die ich bereits vor einem Jahre begonnen. Und wie will ich mich wieder auf meinem Clavier üben! Jeden Abend sollst Du eine Sonate oder eine Symphonie zu hören bekommen.«

Er lächelte ihr mit stiller Beistimmung zu.

»Und wenn Tante Lotti kommt, dann sind wir auch nicht mehr so ganz allein. Dann haben wir einen guten Hausgeist, der sich um Alles kümmern wird, was Deine Frau vernachlässigt. Es ist Dir doch recht,« setzte sie nach einer Pause hinzu, »daß ich sie gebeten habe, unser beständiger Gast zu sein?«

»Gewiß. Die Aermste verdient unsere ganze Theilnahme, und wir erfüllen nur eine Pflicht, wenn wir ihr nach all dem Unglück, das sie getroffen, bei uns ein Asyl anbieten.«

»Sie ist so gut!« fuhr Clotilde fort. »Und dabei so umsichtig, so tüchtig! Wie bewundernswerth hat sie nach dem frühen Tode ihres Mannes ihren Sohn erzogen. Und welche Seelenstärke hat sie bewiesen, als sie den hoffnungsvollen Jüngling in ihren Armen verbluten sah.«

»Ja, dieser Kampf an der Taborbrücke,« sagte der Freiherr nachdenklich, »war das Verhängniß der Revolution. Ich hatte den armen August gewarnt, aber er konnte – oder wollte nicht mehr zurück.«

Sie sah, daß sich die Stirn des Gatten umwölkte, und suchte seine Gedanken abzulenken. »Willst Du Dir nicht das Haus ansehen?«

fragte sie. »Ich habe mich dann schon wieder vollständig eingerichtet. Komm', ich werde Dich führen!«

Sie stand auf und er folgte ihr, indem er seinen Arm leicht unter den ihren schob. Sie traten in den kleinen Flur und stiegen die knarrende Holztreppe hinan, die nach einem nicht ungeräumigen, wenn auch niederen Gemach führte. Es war in ländlichem Geschmack mit Möbeln aus Naturholz eingerichtet; an den Wänden hingen, dunkel eingerahmt und schon ziemlich verblaßt, Tiroler Gebirgsveduten: in der Mitte aber, über einer sauber geschnitzten, mit harten Kissen belegten Sitztruhe, prangte in sorgfältig colorirtem Steindruck das Bildniß Andreas Hofer's. Die ganze Ausstattung rührte noch von der Mutter des früheren Schloßbesitzers her, welche einige Jugendjahre in Tirol zugebracht und zur Erinnerung an diesen Aufenthalt das kleine Gebäude hatte herstellen und mit Vorliebe betreuen lassen. Sie pflegte, wie behauptet wurde, während ihrer letzten Lebensjahre fast die ganze Tageszeit hier zuzubringen, und ein anstoßendes Zimmerchen zeugte von ihren sonstigen Gewohnheiten und Liebhabereien. Dort war Alles im zierlichen Styl des Empire eingerichtet. Vor einem winzigen Canapé stand ein putziges Spieltischchen aus Ebenholz, an welchem die alte Dame Patience legte oder mit ihrer Vorleserin eine Partie L'Hombre machte. Ein kleines, brüchiges Spinett hatte seinen Platz dicht am Fenster; auf der anderen Seite befand sich eine offene Handbibliothek, welche eine ganze Serie älterer Dichter, wie Klopstock, Uz, Hagedorn, Gellert, enthielt; Alles in wohlerhaltenen altmodischen Einbänden von braunem Leder. Auch die Werke Jean Paul's fanden sich vor, sammt einem Exemplar der ersten Ausgabe des Werther; einige Dramen Schiller's und Tiedge's Urania. Auf dem geräumigen Tische des Eintrittszimmers lagen ebenfalls Bücher, die sich durch frische und moderne Einbände als Lektüre der jetzigen Herrin zu erkennen gaben.

»Da siehst Du nun Alles beisammen,« sagte Clotilde, nachdem sie eingetreten waren, »was ich außer Dir zu meinem Glück brauche. Hier meine geliebten Bücher, vor allen mein Lenau – sie nahm den Band wie liebkosend auf – und dort meine Staffelei. Selbst das Klimperkästchen da drinnen ist mir unschätzbar; denn ein paar Kleinigkeiten von Mozart lassen sich immerhin darauf spielen.«

Er war an die zierliche Staffelei getreten, an welcher die von Clotilde erwähnte Landschaft zu erblicken war. Sie stellte ein lauschiges, wipfelumschattetes Felsenthal vor; von der Höhe stäubte ein Wasserfall nieder. Im Vordergrunde waren einige Frauengestalten in idealer Gewandung angedeutet.

»Daran erkennt man doch gleich die Schülerin Marko's,« sagte der Freiherr, das Bild betrachtend.

Es war so. Clotilde hatte als ganz junges Mädchen von diesem Meister, welcher, wie in jenen Tagen viele seiner Kunstgenossen, zu solchem Nebenverdienst greifen mußte, Unterricht erhalten. Man konnte sie begabt nennen; aber über den Dilettantismus erhob sie sich nicht; wie denn überhaupt ihre ganze Bildung, den Zeitverhältnissen entsprechend, der Gründlichkeit entbehrte. Nur die zugänglichste Oberfläche des Wissens hatte sie in sich aufgenommen mit dem feinen Instinkte der damaligen Frauen, welche an geistiger Empfänglichkeit die Männer fast durchgehend überragten. So gingen denn die Kenntnisse Clotildens nicht sehr weit über das hinaus, was ihr durch die gleichzeitige schöne Literatur vermittelt wurde, und auch da war es eigentlich nur das schwermüthig sentimentale Element, welches sich in den Dichtungen Lenau's, oder das Zarte und Sinnige, wie es sich in den Studien Adalbert Stifters aussprach, was sie unmittelbar anzog; der tiefe Gehalt unserer Classiker war ihr mehr oder minder verschlossen geblieben. Hingegen zeigte sie sich musikalisch ungemein stark veranlagt und auch umfassend ausgebildet. War doch in ihrem Vaterhause, mehr als heutzutage üblich, die Kammermusik gepflegt worden, und Clotilde selbst hatte stets am Clavier an diesen liebevollen Uebungen teilgenommen. Vor allem waren es die unerschöpflichen Tonschätze Beethovens, an welchem man sich immer wieder entzückte, und so besaß sie für diesen Meister nicht bloß die begeistertste Verehrung, sondern auch das tiefste Verständniß.

»Hier werde ich nun wieder meine Vormittage zubringen,« sagte sie jetzt. »Wie dankbar bin ich der guten Gräfin, deren Geist mich in diesen Räumen umschwebt, daß sie das reizende Häuschen entstehen ließ!«

»Nun, nun,« erwiderte der Freiherr scherzhaft, indem er sich unter dem tapferen Sandwirthe niederließ, »ich werde noch ganz eifersüchtig werden auf dieses Buen Retiro, welches überdies so einsam gelegen ist, daß Du mir ganz leicht eines Tages geraubt werden kannst.«

»O ich fürchte mich nicht!« lachte sie. »Du weißt, wie ängstlich ich bin; aber hier fühle ich mich so sicher wie in Deinen Armen.«

Sie hatte sich zu ihm gesetzt, und beide blickten nun schweigend durch eine offenstehende Flügelthür in das leuchtende Grün hinein, das draußen über dem Geländer des Ganges zum Vorschein kam. Eine Biene surrte in's Zimmer herein und umkreiste langsam einen Strauß von Wiesenblumen, der, offenbar von Clotilde gepflückt, in einer altmodischen Vase vor ihnen stand.

Plötzlich erklang in der Ferne der schrille Ton einer Glocke.

»Wie rasch die Zeit vergeht!« rief Clotilde. »Man läutet schon zu Tisch.«

»Offen gestanden, mir nicht ganz unerwünscht,« sagte der Freiherr, indem er sich erhob. »Ich spüre bereits die Wirkungen der Landluft.«

So verließen sie denn das kleine Haus und schritten gemächlich, die schattigsten Laubgänge wählend, dem Schlosse zu.

»Wenn es Dir recht ist,« sagte Clotilde, indem sie sich zutraulich an seinen Arm hängte, »so machen wir Nachmittags gleich unseren ersten Gang in den Wald. Wie lange schon haben wir ihn nicht mehr betreten! Willst Du?«

»Gewiß,« erwiderte er; »Alles was Du willst.«

Bald darauf betraten sie das Eßzimmer im Erdgeschoße. Es war ein kühler, weit gewölbter Raum, wo sich das Paar allerdings etwas vereinsamt ausnahm. Ein würdig aussehender Kammerdiener reichte mit ceremoniellem Ernst die Speisen dar.

Nachdem der Freiherr die gewohnte Siesta gehalten, brachen sie nach dem Walde auf, der hinter dem Schlosse lag. Ein kleines Hinterpförtchen in der Umfassungsmauer des Parkes, das der Freiherr aufschloß, führte zuerst auf ein Feld hinaus, wo die Aehren, von rothem Mohn durchleuchtet, bereits eine gelbliche Färbung angenommen hatten. Sie durchschritten es auf einem schmalen Pfade, dann traten sie in das duftige Bereich des Nadelholzes. Langsam bewegten sie sich im Anstiege fort, bis sie endlich eine Waldblöße erreicht hatten, wo eine alte, breitästige Föhre aufragte. Eine Ruhebank stand davor, und an dem röthlich grauen Stamm war ein Bild zu sehen: das schöne, leidvolle Antlitz einer mater dolorosa. Clotilde selbst hatte es vor einigen Jahren nach einem älteren Meister copirt und an ihrem Lieblingsbaume angebracht. Trotz einer schützenden Ueberdachung hatten die Gouachefarben bereits gelitten, und Clotilde nahm sich vor, das nächste Mal ihren Malkasten mitzunehmen und den Schaden auszubessern.

Die Sonne stand schon tief, als sie wieder in das Schloß zurückkehrten. Nach einer kurzen Trennung fanden sie sich wieder im Salon zusammen. Draußen hatten sich die Fluren bereits in Dämmerung gehüllt, die der Schimmer des zunehmenden Mondes leicht durchbrach. Bald wurden die Lampen gebracht und man nahm den Thee, worauf sich Clotilde am Clavier niederließ und die Mondschein-Sonate zu spielen begann. Zauberhaft quollen die Töne unter ihren Händen auf und drangen durch die offene Altanthür in die schweigende Landschaft hinaus, welche jetzt von dem sanften Silbergestirn immer leuchtender erhellt wurde. Und als dann später die beiden Gatten auf dem Altan standen und in die azurene Nacht emporblickten: da wölbte sich der Himmel mit seinen unzähligen Sternen wirklich über zwei glücklichen Menschen.

II.

Drei Wochen waren den Bewohnern des Schlosses auf solche Art in sanfter Gleichmäßigkeit dahingegangen. Der Sommer hatte sich inzwischen zu seiner eigentlichen Höhe erhoben und der Duft der blühenden Linden schwamm weithin in der Luft. Der Freiherr verbrachte nunmehr die sonnedurchglühten Stunden des Tages in seinem nach Norden gelegenen Arbeitszimmer, wo er bereits allerlei Material zu seinen Denkwürdigkeiten aufgesammelt hatte; seine Gattin aber hielt sich dann in ihrem Sommerhause auf, wo sie eine Art geschäftigen Traumlebens führte. Sie saß an der kleinen Staffelei und strichelte zierlich an ihrer idealen Landschaft, und wenn es in den niederen Räumen allzu schwül wurde, so nahm sie eines ihrer Lieblingsbücher und ließ sich unter den schattenden Birkenwipfeln nieder, zuweilen mit sinnendem Aug' dem Fluge der Schwalben folgend, die im Zick-Zack über die Wiese hinschossen, oder dem Rufe des Kuckucks lauschend, der aus dem Walde herüber tönte.

Eines Tages, als das Ehepaar eben abgespeist hatte, wurde vom Kammerdiener mit dem Kaffee ein versiegeltes Schreiben gebracht, das für den Freiherrn bestimmt war. Es enthielt die Mittheilung des Gemeindevorstehers, daß der Marktflecken Einquartierung zu erwarten habe. Und zwar den Stab und die erste Division eines Dragoner-Regiments, welchem der hiesige Landbezirk als Cantonnirungs-Station angewiesen sei. Dem Orte falle es natürlich nicht allzu schwer, die Officiere und Mannschaften unterzubringen; hinsichtlich der Pferde jedoch gäbe es große Schwierigkeiten, daher man den Freiherrn ersuchen müsse, die bekanntlich sehr ausgedehnten Stallräume des Schlosses zur Verfügung zu stellen. Man würde auf ungefähr dreißig Pferde rechnen. Selbstverständlich wären dann auch die betreffenden Reiter aufzunehmen, welche jedoch in den Ställen selbst unterkommen könnten. Auch wäre man sehr dankbar, wenn Seine Excellenz so liebenswürdig sein wollte, einen oder zwei der Herren Officiere zn beherbergen, unter welchen, wie man in Erfahrung gebracht, einige vom hohen Adel sich befänden. Man beabsichtige in dieser Hinsicht selbstverständlich keinen Zwang; bitte aber um möglichst raschen Bescheid, da die Truppe schon morgen hier einrücken werde.

Der Freiherr hatte das Schreiben mit zunehmendem Stirnrunzeln gelesen und zögerte jetzt, seiner Gemahlin den Inhalt bekannt zu geben. Da sie ihn aber doch erfahren mußte, so überreichte er ihr das Blatt, welches sie, nachdem sie es rasch überflogen, auf den Tisch sinken ließ. »Soldaten!« rief sie aus, während nach und nach ein tiefes Erröthen in ihrem Antlitz zum Vorschein kam.

»Ja, Soldaten!« erwiderte er in erzwungen resolutem Tone. »Kriegsvolk und Landesplag',« setzte er bitter scherzhaft, Heine citirend, hinzu. »Unser stiller Schloßhof wird morgen einem lärmenden Feldlager gleichen.«

»Und müssen wir uns denn dem Auftrage unterziehen?« fragte sie, ihn angstvoll ansehend.

»Allerdings, mein Kind,« antwortete er nach kurzem Schweigen. »Wir haben unseren Theil der gemeinsamen Lasten ohne Widerrede zu tragen. Auch läßt sich nicht leugnen, daß unsere Stallungen leer stehen, da ja die ganze Feldwirtschaft verpachtet ist. Wir müssen also die Leute aufnehmen.«

»Und die Officiere?« fuhr sie zögernd fort. »Man hat uns in dieser Hinsicht zu nichts verpflichtet.«

»Gewiß. Aber wohl erwogen, können wir auch dieses Ersuchen nicht von der Hand weisen. Es würde illoyal – zum mindesten seltsam erscheinen. Angenehm kann es mir nicht sein, das begreifst Du. Wären es noch Officiere schlechthin, so würde sich die Sache auch einfacher gestalten; aber es sind, wie in dem Blatte zu lesen, auch welche vom Hochadel darunter, und man wird nicht ermangeln, uns gerade diese heraufzusenden. Das ist fatal. Du weißt, ich habe zur Aristokratie seit jeher, nicht bloß in Folge meiner Anschauungen, sondern auch als Emporkömmling auf gespanntem Fuße gestanden, wenn gleich es meine Stellung mit sich brachte, daß ich mit den Leuten, so weit es noth that, verkehren mußte. Aber da es nun nicht anders geht, so sollen sie in Gottes Namen kommen!«

»Und wo werden wir sie unterbringen?«

»Auch dafür wird sich Rath schaffen lassen. Steht doch der kleine Anbau des linken Flügels, in welchem sich früher das herrschaftliche Gerichts- und Rentamt befand, vollständig leer. Es enthält zwei ganz bequeme Wohnungen, die auch, wie ich glaube, zur Noth eingerichtet sind; außerdem kann man Einiges hinüber schaffen lassen. Und somit,« fuhr der Freiherr fort, indem er aufstand und entschlossenen Schrittes auf und nieder ging, »somit ist die Angelegenheit erledigt. Zu einem gesellschaftlichen Verkehr sind wir nicht verpflichtet; auch pflegen die Herren, die gerne ungezwungen unter sich bleiben, einem solchen meistens selbst auszuweichen.«

Sie erwiderte nichts und blieb in unruhiges Nachdenken versunken.

Er trat auf sie zu und legte die Hand beruhigend auf ihren Scheitel. »Nimm diesen Zwischenfall nicht so tragisch, Clotilde,« sagte er. »Er wird vorüber gehen wie vieles Andere. Freilich,« fuhr er mit einem leichten Seufzer fort, »ist es kein gutes Vorzeichen, daß der idyllische Zustand, in den hinein wir uns versetzt haben, so rasch gestört wurde. Die ereignißlosen Tage, wie sie sich in früherer Zeit so behaglich abgewickelt haben, sind eben vorüber. Brennende politische Fragen, bedeutungsvolle sociale Probleme sind zu lösen, und die Geschichte der Staaten wird vielleicht bald eingreifende Veränderungen zu verzeichnen haben. Schon jetzt, scheint es, nehmen die Verhandlungen mit Preußen einen ernsteren Charakter an, und das für morgen erwartete Regiment dürfte nicht das einzige sein, das an die Grenze gezogen wird; ich glaube, daß man von unserer Seite eine militärische Demonstration beabsichtigt.«

Sie hatte ihm mit dem Ausdruck stiller Verzweiflung zugehört. »Aber was haben wir damit zu schaffen, Alfons?« rief sie. »Das Alles geht Dich ja gar nichts mehr an!«

»Liebes Kind,« erwiderte er mit sanftem Ernste, »den Wellenschlägen der Zeit kann sich auch der am fernsten Stehende nicht entziehen.«

Er hatte bei diesen Worten den Klingelzug ergriffen, der den Kammerdiener herbeirief. Dieser erhielt nun den Auftrag, den Verwalter in Kenntniß zu setzen, daß ihn der Freiherr sofort auf seinem Zimmer erwarte. Hierauf stiegen die beiden Gatten schweigend die Treppe nach dem ersten Stockwerke hinan. Im Vestibüle trennten sie sich, wie gewöhnlich um diese Zeit, und jedes begab sich nun in seine Gemächer.

Als sich Clotilde in den ihren befand, sank sie in einen Fauteuil und überließ sich den wogenden Empfindungen, die sie bestürmten. Ja, auch in diesem reinen Herzen gab es Widersprüche; auch in dieser so ungemein glücklichen Ehe fand sich eine Untiefe, welche die junge Frau bis jetzt angstvoll vor sich selbst verheimlicht hatte und von der jetzt mit einem Male der verhüllende Schleier weggerissen war!

So sehr Clotilde an ihrem Gatten hing, so sehr sie ihn verehrte und hochhielt: eine Seite seines Wesens gab es, hinsichtlich welcher sie anders dachte und empfand, als er. Das waren seine liberalen Grundsätze. Anfänglich hatte sie dieselben kaum begriffen und um so weniger Gewicht darauf gelegt, als ja auch der Freiherr keineswegs mit solcher Anforderung an seine junge Frau herangetreten war. Erst nach Ausbruch der Märzbewegung erhielt diese deutliche Vorstellungen und Eindrücke, welche sie dem Gange der Ereignisse innerlich mehr und mehr entfremdeten. Die ersten jubelnden Umzüge mit Fahnen und Fackeln, die Uniformen der Nationalgarde, die wallenden Hutfedern der Studentenlegion schienen ihr wesenlose Maskerade, die sie oft im Stillen belächelte. Aber sie verschwieg ihre Meinung, um den Gatten, der dies Alles so hoch nahm, nicht zu verletzen, und um keinen Preis hätte sie gewagt, ihn etwa beeinflussen oder umstimmen zu wollen; selbst dann nicht, als sie später den furchtbaren Ernst jener Tage erkannte und schaudernd miterlebte. Aber so kam es auch, daß sie die siegreich einziehenden Truppen mit ganz anderen Empfindungen begrüßte als der Freiherr, und daß ihr Blick dankbar und mit stillem Wohlgefallen auf den kräftigen Gestalten, den wettergebräunten Zügen der Marssöhne ruhte, die jetzt alle Plätze und Straßen der Stadt so reich belebten. Wie oft wurde sie, die früher, gleich den meisten Mädchen und Frauen Wiens, vor jeder Uniform eine eigentümliche, oft verletzend sich kundgebende Scheu empfunden hatte, durch vernehmbares Säbelgeklirr an's Fenster gelockt, um sofort, tief erröthend, vor den flammenden Blicken vorübergehender Officiere, wieder zurückzutreten. Und da hatte sie auch, zum ersten Male in ihrer Ehe, die Entdeckung gemacht, daß sie ein empfängliches Herz besitze, daß sie dieses Herz aufs strengste überwachen müsse. Sie fühlte, daß sie bereits auf dem Wege war, ihrem Gatten in Gedanken untreu zu werden, und deshalb hatte sie auch dies Mal das Schloß und seine

Abgeschiedenheit doppelt freudig begrüßt. Ja, hier in dieser seligen Stille, bei ihrer Staffelei, bei ihren Büchern, von hehren Tönen umrauscht, konnte ihr nichts Verwirrendes nahen, konnte sie niemals sich selbst, niemals ihrer Pflicht untreu werden! Und nun war die Gefahr plötzlich so nahe – so entsetzlich nahe gerückt!

Es benahm ihr den Athem. Sie stand auf und öffnete eines von den Fenstern, welche, um die Hitze des Tages abzuhalten, sammt den Jalousien geschlossen waren. Es war zum Ersticken im Zimmer. Aber auch von draußen schlug ihr dumpfe Schwüle entgegen. Sie blickte hinaus. Kein Blatt regte sich, rings umher brütete es wie ein Gewitter.

Unruhig bewegte sie sich im Zimmer bald hierhin, bald dorthin; nahm ein Buch zur Hand und versuchte zu lesen; aber es gelang ihr nicht ...

Gegen Abend trat der Freiherr bei ihr ein. Er hatte dem Verwalter die nöthigen Aufträge ertheilt, hatte nunmehr selbst nachgesehen und Alles in Ordnung gefunden. »Du aber, armes Herz, scheinst Dich noch immer nicht beruhigt zu haben,« schloß er seinen Bericht.

Sie erwiderte nichts und schmiegte sich nur, wie Schutz suchend, an seine Brust.

»Nun, ich begreife es wohl,« fuhr er fort. »Ist mir doch selbst eigentlich recht peinlich zu Muthe. Aber komm, gehen wir jetzt zum Thee. Und zur Feier des bevorstehenden Ereignisses kannst Du uns dann die Eroica spielen!«

Er hatte dies, um sie aufzumuntern, in satirisch scherzhaftem Tone gesprochen; sie aber streckte abwehrend die Hände aus und rief: »Nein, nein, heute nicht!«

»Nun freilich, sie würde ja gar nicht passen! Also etwas Lustiges! Etwa einen Marsch aus Vielka oder ein paar Lanner'sche Walzer.«

Trotz dieser Erheiterungsversuche blieb die Stimmung eine gedrückte, und als sich Clotilde später doch an den Flügel setzte, wurde sie schon bei den ersten Tönen, die sie anschlug, von rollendem Donner unterbrochen. Das Gewitter, welches in der That langsam und zögernd heraufgestiegen war, kündigte jetzt seine unmittelbare Nähe an. Ein Blitz zuckte durch die Nacht, während ein heftiger Windstoß die halb offen stehende Glasthür weit aufriß.

Der Freiherr stand auf, um sie zu schließen »Das erste Gewitter dieses Sommers,« sagte er hinausblickend. »Es droht recht arg zu werden.«

Wirklich folgte schon Blitz auf Blitz, die Landschaft taghell erleuchtend; immer näher, immer mächtiger erscholl der Donner, und ächzend warfen sich die dunklen Wipfel der Bäume im Sturm hin und her.

Clotilde war an die Seite ihres Gatten getreten und betrachtete mit ihm das furchtbar prächtige Schauspiel, bis sie sich endlich mit leichtem Beben geblendet abwandte.

»Komm,« sagte er, »machen wir Nacht und lassen bei geschlossenen Läden die Elemente sich austoben.«

Ihre Schlafgemächer grenzten an einander. Um das Schloß heulte der Sturm, rauschte der Regen, hallte der Donner –- und so blieben sie noch lange wach.

III.

Dem nächtlichen Gewitter war kein heiterer Morgen gefolgt. Ein rauher Nordwind sauste noch immer durch die Wipfel und trieb am Himmel düstere Wolken vorüber, die sich in heftigen Güssen entluden. So ließ sich denn der Tag für die Erwachenden keineswegs freundlich an, und in schweigender Erwartung der Dinge, die da kommen sollten, wurde das Frühstück eingenommen. Die Reiter, so hieß es, würden schon um zehn Uhr in den Ort einrücken, und diesem Augenblick sah die Dienerschaft keineswegs so unfroh entgegen, wie die Herrschaft: denn mit den Soldaten kam ja Leben und Abwechslung in die öde Stille und Einsamkeit des Schlosses herauf. Besonders der weibliche Theil gab eine sehr auffallende Erregung kund. Schon als die Kammerzofe des Morgens das Zimmer der Freifrau betrat, konnte diese wahrnehmen, daß sich das Mädchen viel zierlicher als sonst gekleidet hatte; aber auch in der Küche erschienen die Mägde in ihrer Weise herausgeputzt und liefen in unnützer Geschäftigkeit hin und her, während selbst die betagte wohlbeleibte Köchin eine frische Haube mit bunten Bändern aufgesetzt hatte. Nur der Kammerdiener bewahrte unerschütterlich seine vornehme Ruhe, und der Kutscher des Freiherrn, ein hagerer, ziemlich steifer Rosselenker, machte sogar ein etwas verdrießliches Gesicht, da ihm nunmehr eine bedenkliche Schmälerung seiner Hoheitsrechte im Stalle bevorzustehen schien.

So kam die zehnte Stunde allmälig näher. Der Himmel hatte sich inzwischen ein wenig aufgeklärt und die Gatten traten auf den Altan hinaus. Von dort hatte man ja die Landstraße in Sicht, die sich, soweit das Auge reichte, in mehrfachen Krümmungen durch die Fluren hinzog, und auf welcher nunmehr die Reiter heranrücken mußten. Und wirklich: dort in äußerster Ferne funkelte es mit einem Male wie Feuer auf. Das waren die Helme, welche die hervorbrechenden Sonnenstrahlen auffingen und widerspiegelten. Und schon kam die Truppe mit ihren weißen Mänteln znm Vorschein, gleich einer seltsamen, hell gleißenden Riesenschlange sich näher und näher windend. Schon konnte man die einzelnen Pferde, konnte die Officiere von der Mannschaft unterscheiden; konnte die Standarte wahrnehmen, die in ihrem Ueberzuge von schwarzem Wachstuch in die Luft ragte. Und nun ein Helles Trompetensignal.

Commandorufe ertönten; die Säbel fuhren blitzend aus den Scheiden – und in geschlossenen Reihen, unter langgezogenen Fanfaren zogen die Schwadronen in den Marktflecken ein, von welchem aus bereits eine Menge Volks entgegen gelaufen war.

»Da sind sie,« sagte der Freiherr und trat mit Clotilde in den Salon zurück. »Es wird noch eine Weile dauern, bis wir unseren Theil zu Gesicht bekommen.«

»Wir wollen es abwarten,« entgegnete sie, den Shawl, den sie über ihren Morgenanzug geworfen hatte, fröstelnd über der Brust zusammenziehend. Dann ging sie, um sich für den Tag anzukleiden.

Er aber setzte sich an ein Fenster und blickte erwartungsvoll hinaus.

Es zeigte sich lange nichts; nur der Regen fiel in Strömen auf die Pfade der Avenue. Die Dragoner hatten offenbar unten auf dem Marktplatze Aufstellung genommen, und die Bequartierung ging jetzt allmälig vor sich. Von Zeit zu Zeit klang ein Trompetensignal durch die Stille.

Jetzt aber wurden Hufschläge vernehmbar, und es dauerte nicht lange, so kam ein kleiner Trupp in raschem Trabe die Avenue heraufgeritten. Die Pferde über und über mit Koth bespritzt, triefend von Nässe. Voran ein Officier auf einem schlankfüßigen Rappen, den Mantelkragen empor gestülpt, so daß unter dem Helm nur eine kühn geschwungene Nase und zwei dunkle Augen zum Vorschein kamen, welch letztere er rasch und flüchtig nach den Schloßfenstern aufschlug. Ein Reitknecht mit zwei in Decken gehüllten Handpferden folgte; ganz zuletzt kam ein leichter Fourgon nachgefahren.

Der Verwalter, der den Auftrag erhalten hatte, die Ankömmlinge zu empfangen, war ihnen schon entgegengeeilt und lenkte sie jetzt seitwärts um das Schloß herum nach dem Hofe, wo sich die Ställe und das Amtshaus befanden.

Nach einiger Zeit erschien er bei dem Freiherrn, der mittlerweile sein Zimmer aufgesucht hatte, mit der Meldung, daß Alles auf's beste untergebracht sei. Nur ein Officier sei gekommen, und zwar ein Rittmeister, dessen Lieutenant krank in der letzten Station zurückgeblieben. Die betreffende Wohnung habe man dem Wachtmeister eingeräumt, der wahrscheinlich seine Stelle vertrete.

Als der Verwalter sich entfernt hatte, trat bald darauf der Kammerdiener ein und überreichte eine Karte. Der Freiherr nahm sie und las: »Rittmeister Graf Poiga-Reuhoff.«

Der Herr Graf, berichtete der Kammerdiener, habe durch seinen Reitknecht anfragen lassen, ob er noch im Laufe des Vormittags die Ehre haben könne, Seiner Excellenz aufzuwarten, was der Freiherr in verbindlichster Weise bejahte. Hierauf begab er sich in das erste Stockwerk hinunter, um Clotilde in Kenntniß zu setzen. Sie befand sich in ihrem Ankleidezimmer, und er klopfte leise an die Thür. »Bist Du allein?« fragte er.

»Ja. Ich bin im nächsten Augenblick bereit –«

Er setzte sich, die Karte in der Hand, auf einen Stuhl.

Clotilde erschien bald. Sie sah etwas bleich, aber wundervoll aus in einem hochgeschlossenen Kleide aus braunem Foulard mit mattem Goldglanz. Eine durchsichtig weiße Halskrause hob den Schmelz ihres Antlitzes.

Der Freiherr betrachtete sie unwillkürlich mit Bewunderung, sagte jedoch nichts und überreichte ihr bloß die Karte.

Sie warf einen Blick darauf: »Ein Graf?« sagte sie dann.

»Wie vorausgesehen. Wenn ich nicht irre, sind die Poiga in Böhmen – in der Nähe Prags begütert. Er will uns sofort einen Besuch machen.«

»Uns? Muß ich dabei sein?«

»Gewiß. Man müßte sonst eine Ausrede ersinnen. Und wozu – da Du ihn doch einmal wirst kennen lernen müssen.«

»Es ist wahr,« erwiderte sie gefaßt. »Wir sind eigentlich recht thöricht. Ich habe inzwischen darüber nachgedacht und gefunden, daß wir allzuviel Gewicht auf diese Einquartierung legen.«

»Du hast Recht,« erwiderte er mit zustimmendem Lächeln, »wir benehmen uns, als hätten wir niemals im Leben mit Menschen verkehrt.«

Sie begaben sich in den Salon. Auf einem Tische lagen Zeitungen und Briefe, die mit der Post gekommen waren. Auch ein Brief an Clotilde fand sich vor, bei dessen Anblick sie ausrief: »Von Tante Lotti!«

Sie setzte sich und begann das ziemlich umfangreiche Schreiben zu lesen, während der Freiherr die Zeitungen durchblätterte.

Jetzt rief sie: »Wie schade! Lotti schreibt mir, daß sie vor halbem August nicht bei uns eintreffen kann; es sind wichtige Angelegenheiten, die sie bis dahin in Wien zurückhalten. Und gerade jetzt wäre sie uns von großem Nutzen!«

»Allerdings,« erwiderte der Freiherr. »Sie ist eine praktische Frau, die nicht viele Umstände macht.«

So ging die Zeit hin und die Thurmuhr holte gerade aus, die zwölfte Stunde zu schlagen, als vom Corridor herein Tritte und Sporengeklirr vernehmbar wurden.

»Man kommt,« sagte der Freiherr, indem er sich erhob und dem nunmehr Eintretenden, welchem der Kammerdiener die Thür geöffnet hatte, entgegen ging.

Auch Clotilde stand auf und richtete die Augen scheu auf die hohe, männlich schlanke Gestalt, die der knapp anliegende Weiße Uniformrock sehr vortheilhaft hervorhob.

»Gestatten Sie, Excellenz,« begann der Graf, in dem er sich leicht verbeugte und die schöne Frau mit einem raschen Blick streifte, »gestatten Sie, daß ich mich persönlich vorstelle. Es hat sich nun einmal gefügt, daß wir in Ihren Burgfrieden einbrechen mußten, und es braucht wohl keiner Versicherung, daß ich selbst an dieser unliebsamen Störung keine Schuld trage.«

Der Freiherr erwiderte einige verbindliche Worte und bat den Grafen, Platz zu nehmen.

»O ich weiß,« sagte dieser, während er sich in einem Fauteuil niederließ und Clotilde, die sich auf das Sopha gesetzt hatte, ganz und voll in's Auge faßte, »ich weiß und begreife sehr wohl, daß derlei Ueberfälle höchst lästig sind. Aber was will man thun? Man muß sie eben wohl oder übel hinnehmen. Sie dürften übrigens,« fuhr er, den Kopf hochmüthig zurückwerfend, fort, »nicht allzuviel zu leiden haben. Meine Dragoner sind ehrliche Mährer, also im ganzen stille und zurückhaltende Leute, die mit ihren heimischen Mehlklößen zufrieden sind. Und was meine Person betrifft, so bitte ich, auf dieselbe nicht die geringste Rücksicht zu nehmen. Ich habe nur sehr wenige Bedürfnisse und führe das Notwendigste, wenn es nur einigermaßen angeht, stets mit mir. Speisen werde ich unten an der Wirthstafel mit den Offizieren. Sie sehen also,« schloß er stolz ablehnend, »daß ich außer der höchst angenehmen Wohnung, die Sie mir zur Verfügung gestellt, auf Gastfreundschaft durchaus keinen Anspruch mache.«

Eine Pause trat ein, die der Freiherr mit der Frage unterbrach, woher das Regiment komme?

»Aus Italien, wo wir so ziemlich unnütz waren, da die Cavallerie in den sumpfigen Reisfeldern keine rechte Verwendung finden konnte.

Nun, Papa Radetzky ist trotzdem mit den Italienern fertig geworden. Wir sollten hierauf mit anderen Truppen unter Haynau nach Ungarn marschieren. Unterwegs aber erhielt das Regiment Ordre, hierher zu rücken. Es bereitet sich wohl Etwas gegen Preußen vor; der alte Hegemoniekitzel scheint sich dort wieder zu regen.«

»Der König von Preußen hat die deutsche Kaiserkrone abgelehnt,« sagte der Freiherr im Tone leiser Zurechtweisung.

»Weil sie ihm vom Frankfurter Parlament angeboten wurde,« entgegnete der Graf mit unterdrückter Heftigkeit. »Es wäre Unsinn gewesen, sie von solcher Seite anzunehmen. Die Schwäche Österreichs ist eine weit bessere Chance, und da Kossuth und Görgei noch immer obenauf sind, glaubt man auch damit rechnen zu können. Aber das russische Bündniß wird den Dingen eine ganz andere Wendung geben. Eure Excellenz wissen doch bereits – –?«

»Ich habe von diesem Bündnisse in den Zeitungen gelesen,« sagte der Freiherr ruhig.

»Der Zaar ist mächtig,« fuhr der Graf mit blitzenden Augen fort, und es kann der Welt gar nicht schaden, wenn sie nach all dem tollen Freiheitsschwindel wieder einmal tüchtig die Knute zu spüren bekommt.«

Der Freiherr erwiderte nichts und suchte das Gespräch auf andere, näher liegende Dinge zu lenken, wobei nun auch Clotilde Gelegenheit fand, einige Worte mit einzuflechten. Aber der Graf erhob sich bald.

»Ich darf die Herrschaften nicht länger stören,« sagte er, sich beim Abschiede mit herablassender Förmlichkeit verbeugend. »Auch werde ich unten erwartet. Noch Eines will ich sagen. Sollten sich wider Vermuthen meine Leute Unzukömmlichkeiten erlauben, so bitte ich, sich sofort an mich zu wenden. Für Störungen, welche mit der Handhabung des Dienstes verbunden sind, kann ich natürlich nur um Entschuldigung bitten, und die Schloßherrin« – er wandte sich dabei an Clotilde – »wird es mir hoffentlich nicht allzu schwer anrechnen, wenn sie durch unvermeidliche Trompetensignale – oder durch das Wiehern und Stampfen der Pferde aus süßen Morgenträumen aufgeschreckt wird.«

Als er sich entfernt hatte, herrschte längeres Schweigen. Endlich sagte der Freiherr: »Hab' ich es nicht vorhergesagt? Es ist wirklich ein Glück, daß wir uns um ihn nicht zu kümmern brauchen. – Wie findest Du ihn?« setzte er nach einer Weile, sie nicht ohne Besorgniß anblickend, hinzu.

Sie zuckte leicht die Achseln.

»Der richtige Aristokrat, fuhr der Freiherr, mehr zu sich selbst sprechend, fort. »Welche Anschauungen! Aber er hat ja Recht,« schloß er mit bitterem Lächeln. »Diesen Herren gehört jetzt wieder die Welt.«

IV.

Die Aeußerung, welche der gräfliche Rittmeister über seine Leute gethan, bewahrheitete sich. Sie enthielten sich, wie man sah, ohne besonderes Verbot alles überflüssigen Lärmens und gingen in meist wortloser, etwas melancholischer Gleichmäßigkeit ihren Verrichtungen nach. Waren diese abgethan, so streckten sie sich auf ihr Strohlager hin, oder saßen rauchend auf den langen Bänken, die an der Stallmauer angebracht waren; manchmal gingen sie des Abends paarweise oder in Gruppen in den Ort hinunter, um aber in der Regel lange vor dem Erklingen der Retraite wieder heimzukehren. Selbst um das schöne Geschlecht im Schlosse kümmerten sie sich äußerst wenig, und die Mägde machten sich ganz unnütz öfter als sonst bei dem Auslaufbrunnen zu thun, der zwischen der Küche und dem Stalle sein Wasser versprudelte. Hin und wider näherte sich wohl der eine oder der andere von den Reitern mit einem czechischen Scherzworte, das aber die guten Wiener Kinder (selbst die Eingeborenen sprachen nur deutsch) nicht verstanden, oder half ihnen mit ungeschlachter Galanterie Eimer und Krüge aufnehmen; weiter aber kam es nicht, da man zu keinem Gedanken- und Gefühlsaustausche gelangen konnte. Nur der Wachtmeister, ein behäbiger, auf seinen struppigen, künstlich verlängerten Schnurrbart sehr stolzer Mann, schien in dieser Hinsicht unternehmender sein zu wollen. Er hatte es aber, wiewohl er bisweilen in der Küche herumschnüffelte und schäkerte, im Bewußtsein seiner Würde mehr auf das niedliche Kammerkätzchen abgesehen, das nun auch öfter, als gerade nothwendig war, durch den Hof huschte. Diese Franziska jedoch (eigentlich wurde sie Fanny genannt) fand diesen Werner (zufällig führte der Wachtmeister in der That diesen Namen) keineswegs nach ihrem Geschmacke; auch sie strebte nach Höherem, und ein schmucker Lieutenant wäre ihr gerade recht gewesen. Obzwar nun ein solcher fehlte – und der Herr Graf unnahbar schien, so hatte sie dennoch für den ältlichen Galan nur ein herablassendes Kopfnicken, oder höchstens ein paar schnippische Worte in Bereitschaft.

So geschah es, daß schon in kürzester Zeit fast das frühere stille Leben im Schlosse herrschte und die Reiter, deren Erscheinen so viele Aufregung hervorgebracht hatte, kaum mehr beachtet wurden. Nur wenn sie die Pferde gesattelt aus dem Stalle zogen, aufsaßen und unter dem Commando des Wachtmeisters, der mit einer langen Peitsche mitten in dem Rund des Hofes stand, Schule ritten, da gab es immerhin ein Schauspiel, dem man nicht ungern zusah, und welches bisweilen auch der Rittmeister vom Fenster seiner Wohnung aus, einen kurzen Tschibuk rauchend, beobachtete.

Eines Tages hatten sich der Freiherr und seine Gemahlin in einen gallerieartigen Raum begeben, in dessen Mitte ein Billard stand, um sich von dort aus, da die Fenster nach dem Hofe gingen, gleichfalls das Traben und Galoppieren mitanzusehen. Es gab diesmal einige besonders widerspänstige Pferde, und der Wachtmeister fand Gelegenheit, seine Peitsche eindringlich spielen zu lassen, wobei nicht selten die im Sattel wankenden Reiter mitgetroffen wurden.

Der Freiherr hatte sich bald wieder entfernt; Clotilde aber war noch am Fenster zurückgeblieben, und sah jetzt, wie sich die Leute zum Abritt anschickten. Inzwischen jedoch war ein prachtvolles, isabellfarbiges Pferd, leicht aufgezäumt, aus dem Stalle gezogen und vor das Wohnhaus des Rittmeisters gelenkt worden. Und gleich darauf trat dieser aus der Thür, in Mütze und Reitjacke, eine Gerte in der Hand.

Bei seinem Anblick trat Clotilde erschrocken vom Fenster zurück. Ihr erster Antrieb war, aus dem Zimmer zu fliehen; aber sie fühlte sich unwiderstehlich gefesselt. Mit leichtem Zittern trat sie hinter einen der schweren Halbvorhänge und blickte, so sich verborgen glaubend, wieder in den Hof hinab, während sich der Graf eben in den Sattel schwang. Es kostete ihm einige Mühe; denn das edle Thier war voll nervöser Unruhe. Es trat, aufgeregt schnaubend, beständig zur Seite, und versuchte endlich mit den Vorderfüßen in die Luft zu steigen, von dem Stallknechte nur mit Anwendung aller Kraft niedergehalten. Endlich saß der Reiter oben und tätschelte liebkosend den glänzenden, mit einer langen, fast weißen Mähne gezierten Hals des Thieres, das ihn aber noch immer nicht auf sich dulden wollte. Es bäumte sich hoch auf, schüttelte den Kopf und war nicht nach vorwärts zu bewegen, vielmehr trat es jetzt, durch Schenkeldruck und stachelnde Sporen gepeinigt, einen Rückgang im Kreise an, so daß der Wachtmeister, der sich inzwischen genähert hatte, schon seine Peitsche entrollen wollte. Der Graf aber winkte unwillig ab und ließ dem Pferde seinen Willen. In dem Augenblicke aber, als er in Gefahr kam, an die Mauer gedrückt zu werden, versetzte er ihm, nach rückwärts ausholend, solch' wuchtige Gertenhiebe, daß es mit einem Male einige rasche Sätze nach vorwärts that – und zwar quer über den Hof, in das Wiesen-Rondél hinein, das einen kleinen flachen Zierteich umgab. Dort aber riß er es – sich weit zurücklehnend – so mächtig herum, peitschte ihm derart die Flanke, daß es unwillkürlich in den gebahnten Weg einbog, wo es, am ganzen Leibe zitternd, stille stand. Nun neigte sich der Graf wieder schmeichelnd zu seinem Halse nieder und langte aus der Tasche eine Hand voll Zuckerstücke, die er mit vorgestrecktem Arm dem Pferde anbot. Dieses blähte die Nüstern und betastete mit den Lippen zurückhaltend die gebotene Süßigkeit, die es zuletzt doch mit wachsendem Behagen zwischen dem schäumenden Gebisse zermalmte. Nun erhielt es leichten Schenkeldruck und schmeichelnden Zuruf; noch widerstrebte es – aber allmälig setzte es sich in Gang, immer williger, immer freier, immer leichter, bis es zuletzt mit flüchtigen, weitausgreifenden Hufen, den Kopf anmuthig auf und nieder bewegend, in der Runde dahin flog.

Mit klopfendem Herzen und wachsender Erregung hatte Clotilde diesen Vorgängen zugesehen. Sei es nun, daß sie dabei unbewußt aus dem schützenden Verstecke getreten war; sei es, daß dieses sich überhaupt nicht genügend erwies: die junge Frau mußte von unten jedenfalls zu erblicken gewesen sein. Denn als jetzt der Graf im Bogen wieder an dem Schlosse vorbei kam, sah er rasch empor und brachte, sich im Sattel verneigend, mit eigentümlichem Lächeln einen zwar höchst ehrerbietigen – und doch nicht minder vertraulichen Gruß dar.

Ohne ihn zu erwidern, trat Clotilde erbleichend zurück und floh auf ihr Zimmer.

V.

Seitdem wagte sie es nicht mehr, an ein Fenster zu treten. Sie fürchtete, des Grafen ansichtig zu werden – fürchtete es umsomehr, als sie deutlich empfand, wie sehr sie dies eigentlich im Tiefsten ihrer Seele wünsche. Hatte sie sich doch schon früher im Geiste mehr mit ihm beschäftigt, als sie es vor sich selbst verantworten konnte. Seine hohe Gestalt, das dunkle Feuer seiner Augen, sein gebräuntes, stolzes Antlitz, von welchem das kurzgeschnittene blonde Haupthaar und der feine röthliche Schnurrbart eigenthümlich abstachen, schwebten ihr in jeder einsamen Stunde vor und schlichen sich sogar Nachts in ihre Träume. Wie oft hatte sie sich auf dem sträflichen Wunsche ertappt, unter irgend einem Vorwande das Zimmer ihrer Zofe zu betreten, weil sie zufällig wahrgenommen, daß man von dort aus das kleine Amtshaus im Auge habe, wo der Graf, ohne sich um irgend Jemand zu kümmern, wie meilenweit vom Schlosse entfernt lebte. Aber jetzt, nachdem er sie so seltsam eindringlich, so räthselhaft vertraulich gegrüßt, hatte sie mit einem Mal die Ueberzeugung, daß auch er sich im Geiste mit ihr beschäftigt habe, und fühlte sich nunmehr von den geheimnißvollen Fäden seiner Gedanken umsponnen.

So lebte sie in beständiger, vor ihrem Gatten verhehlter Unruhe dahin, die ihr um so qualvoller wurde, als ihr die Gelegenheit benommen war, ihre frühere Lebensweise wieder aufzunehmen; denn die junge Frau trug jetzt eine seltsame Scheu, sich in den Park zu begeben; zu dem herrschte noch immer unfreundliches, veränderliches Wetter, und durch die Wipfel wehte es feucht und kühl. Clotilde blieb daher auf ihre Zimmer angewiesen und unternahm nur zuweilen am Nachmittage, tief in einen halbgedeckten Wagen zurückgelehnt, mit ihrem Gatten eine kurze Spazierfahrt.

Als aber jetzt wieder der Himmel blau, die Tage hell und sonnig geworden waren und die leuchtende Gluth des Juli über der Landschaft lag: da begann Clotilde eine unendliche Sehnsucht nach ihrem trauten Asyle zu empfinden. Sie glaubte zu fühlen, wie sich, wenn sie nur wieder einmal an ihrer Staffelei oder mit einem Buche unter den lispelnden Birkenwipfeln säße, alles Verwirrende und Beängstigende von ihr ablösen, wie ein tiefer, seliger, wünschloser

Friede in ihre Seele einziehen würde. Auch die Gefahr, im Parke mit dem Grafen zusammenzutreffen, schien während des Vormittags ausgeschlossen. Denn er ritt ja, wie sie in Erfahrung gebracht, jetzt jeden Morgen mit seinen Dragonern fort, zu irgend welchen größeren Uebungen, welche, ziemlich weit vom Markflecken entfernt, auf freiem Felde vorgenommen wurden. Dann blieb er auch gleich unten zu Tisch und kehrte erst in den späteren Nachmittagsstunden nach Hause zurück.

Sie setzte also eines Morgens nach dem Frühstück ihren Gartenhut auf. »Ich gehe heute in den Park, sagte sie auf einen fragenden Blick ihres Gatten. »Zum ersten Mal seit mehr als vierzehn Tagen. Du meinst doch auch, daß ich – –,« setzte sie zögernd hinzu, da sie zu bemerken glaubte, daß seine Stirn nicht ganz frei war.

»O gewiß, gewiß,« fiel er rasch ein. »Warum solltest Du nicht? Es hat mich ohnehin gewundert, daß Du es so lange hier oben ausgehalten hast,« fügte er mit leichtem Scherze bei.

»Das Wetter war nicht sehr einladend. Außerdem begreifst Du wohl –«

Er hatte sich erhoben und stand jetzt dicht neben ihr. »Ich begreife,« sagte er leise. »Aber das wäre doch zu viel. Geh' nur, mein Kind,« fuhr er fort, indem er sie sanft auf die Stirn küßte. »Vielleicht suche ich Dich später unten auf.«

Sie nahm ihren Sonnenschirm und schritt die Treppe hinab. Im Vorhause warf sie einen scheuen Blick nach dem Hofe. Dort war Alles still, wie ausgestorben; denn die Dragoner waren weggeritten und noch nicht zurückgekehrt. Nur eine Stallwache lungerte träg auf einer Bank. Clotilde durchschritt jetzt einen schmalen Seitengang, öffnete eine kleine Pforte – und stand unmittelbar auf dem prangenden Parterre. Es war die Zeit des Nelkenflors, und weiße Falter flatterten über diesen würzigen Blumen, welche in allen Farbenschattirungen, ihren heißen Duft ausathmeten. Sie bückte sich, um eine von hellem, brennendem Roth zu pflücken, und steckte sie vor die Brust. Je tiefer sie jetzt in den Park hineinschritt, desto freier, desto beschwingter fühlte sie sich. Mit Entzücken sog sie die warme und doch so erquickende Sommerluft ein, und strahlend glitt ihr Blick über das vertraute Grün der alten Baumgruppen. Nun hatte sie schon die Wiese, hatte das Tirolerhaus erreicht, dessen Thür sie mit rascher Hand aufschloß. Und jetzt betrat sie die lieben, dämmerigen Räume, in welche, nachdem Thüren und Fensterläden geöffnet waren, der helle Tag hereinfluthete. Ja, da stand und lag noch Alles so, wie sie es vor Wochen verlassen. Auf dem Tische die Bücher, dort die Staffelei mit der nahezu vollendeten Landschaft; selbst die Blumen in der Vase, die letzten, die sie unten auf der Wiese gepflückt, waren noch nicht vollständig verwelkt. Unwillkürlich breitete die junge Frau wie zur Begrüßung die Arme aus; dann fuhr sie mit beiden Händen leicht über die Brust hinab, als wollte sie damit alles Belastende und Unreine, das noch auf ihr lag, abstreifen. Hierauf ging sie daran, wie sie es stets gewohnt war, einige Ordnung zu schaffen. Sie reihte die Bücher aneinander, entfernte die Blumen aus der Vase, um sie später durch andere zu ersetzen, und begann mit einem leichten Tuche, das sie einem Schränklein entnommen, die feine Staubschichte wegzuwischen, die sich über einzelne Gegenstände gebreitet hatte. Bei dieser Beschäftigung überhörte sie ganz ein leises Trompetenklingen in der Ferne, welches anzeigte, daß die Reiter von ihren Uebungen nach dem Marktflecken zurückkehrten.

Nun hatte sie bereits die Stühle zurecht gerückt und die Staffelei mit allem Nöthigen in Stand gesetzt. Aber mit der Arbeit wieder beginnen konnte und mochte sie heute noch nicht. Sie wollte sich für's erste ganz und voll der seligen Empfindung hingeben, welche sie hier – o, sie hatte es vorausgesehen! – überkommen hatte. Ausgenießen wollte sie so recht den fühlbaren Beginn wonniger Befreiung und sich dabei hinüberträumen in das reine, ungetrübte Glück kommender Tage! So ging sie wieder langsam hinunter und ließ sich auf die Bank nieder, wo sie so gerne saß. Dort weilte sie jetzt, in ihr Innerstes versunken, während die Zeit mit unmerklichem Flügelschlage an ihr vorüberzog ...

Endlich sah sie nach der kleinen Uhr, die sie im Gürtel trug. Es war Mittag geworden. Sie aber hatte noch zwei volle Stunden vor sich, bis die Tischglocke sie rief; auch würde ja noch früher ihr Gatte erscheinen. Einstweilen konnte sie einen Rundgang um den Teich unternehmen, der in nächster Nähe oberhalb des Tirolerhauses lag. Clotilde liebte die ausgedehnte, von Schilf und Binsen durchsetzte Wasserfläche, an deren Ufern Erlen und hohe Ulmen tiefe, schwermüthige Schatten verbreiteten. Kaum, daß sie dort sichtbar geworden, kamen sogleich zwei Schwäne herangeschwommen; denn sie waren gewohnt, daß ihnen die Schloßherrin hin und wieder Brot zuwarf. Heute aber war sie mit leeren Händen gekommen, und die silberweißen Vögel begleiteten fruchtlos ihre Schritte.

Nachdem Clotilde den Teich langsam umgangen hatte, lenkte sie halb unbewußt ihre Schritte einem Hügel zu, welcher, künstlich angelegt und von hohen Fichten bestanden, über die Umfassungsmauer des hier sein Ende erreichenden Parkes empor ragte. Ein schmaler Pfad wand sich durch das Gehölz und führte nach dem Gipfel, der den Ausblick auf die gegenüber liegenden Wälder und Höhenzüge eröffnete und auf welchem jetzt Clotilde angelangt war. In demselben Augenblick jedoch prallte sie mit einem halb unterdrückten Aufschrei zurück. Denn auf einer bequemen Ruhebank, die dort oben angebracht war, saß der Graf, lässig zurückgelehnt, eine Cigarre rauchend. Jetzt erhob er sich und sagte lächelnd mit einer tiefen Verbeugung: »Sie erschrecken ja, gnädigste Chatelaine, als wäre ich eine Schlange, auf die Sie treten könnten.«

Alles Blut war aus ihrem Antlitz gewichen. Sie stand vor ihm in blasser Schönheit, sich mit der Rechten an einem Fichtenstamm haltend; denn es war, als müsse sie umsinken.

»Ich kann nur bedauern,« fuhr er, die Cigarre wegschleudernd, fort, »daß Ihnen mein Anblick solches Entsetzen eingeflößt hat. Aber fassen Sie sich doch!« Er trat auf sie zu, wie um sie zu stützen.

Sie machte eine abwehrende Bewegung und sagte mit bebender Stimme: »Verzeihen Sie, ich war so gar nicht vorbereitet, daß Jemand –«

»Hier sitzen könnte?« erwiderte er mit leichter Ironie. »Fühlen Sie sich denn gar so sicher in dieser Einsamkeit? Früher mag dies Wohl der Fall gewesen sein – aber jetzt kann es immerhin Leute geben, die Ihnen auflauern. Zum Beispiel ich. Ich habe es schon gestern gethan – und heute gehe ich seit einer Stunde im Park umher.«

»Ich habe Sie nicht bemerkt.«

»Das weiß ich. Sie saßen so in Gedanken vertieft dort unten vor dem kleinen Hause. Auch habe ich mich ziemlich gedeckt gehalten und bin sehr leise aufgetreten. – Aber Sie wollten sich jetzt gewiß hier niederlassen?« setzte er hinzu, indem er mit einer einladenden Handbewegung nach der Bank wies.

»O nein,« versetzte sie rasch. »Ich dachte nicht daran, hier zu verweilen – es war ein bloßer Zufall, daß ich–«

»Der Zufall ist nichts anderes, als geheimnißvolle Nothwendigkeit,« sagte er. »Ich wollte Sie vorhin nicht stören; als ich aber, meinen Weg fortsetzend, diese Stelle entdeckt hatte, da dachte ich, wie schön es wäre, wenn sie sich hier einfinden würden. Und so war es mein lebhafter Wunsch, der Sie, ohne daß Sie es gewollt, hierher geführt.« Er hatte sich bei diesen Worten leicht zu ihr hingebeugt und sah sie mit seinen dunklen Augen eindringlich an.

Sie wußte nicht, was sie erwidern sollte, und fühlte nur, wie ihr eine heiße Gluth in's Antlitz stieg.

»Ja,« fuhr er fort, seine Stimme zu schmeichelndem Flüstern dämpfend, »ja, schöne Chatelaine, ich habe nicht bloß gestern und heute – ich habe stets an Sie gedacht, seit ich Sie zum ersten Male gesehen. Und schon damals hab' ich erkannt, daß wir uns finden würden.«

Sie rang nach Athem. Da war es ja, da hatte er ausgesprochen, was sie geahnt, was sie gefürchtet! Und sie – o Gott! – sie stand da, rathlos, hilflos – und fand kein Wort der Entgegnung, der Zurechtweisung. Was konnte – was mußte er von ihr denken? ...

»Und nicht wahr?« setzte er hinzu, »wir haben uns gefunden – werden uns wiederfinden –«

Er hatte bei diesen Worten mit seiner nervigen, aber feinen Hand, an der ein kostbarer Siegelring glänzte, ihre bebenden Finger erfaßt und einen Arm um ihren Leib gelegt. Sie wollte sich ihm entziehen, ihn zurückstoßen – aber sie vermochte es nicht. Ihre Kniee wankten, die Sinne drohten ihr zu vergehen.

»O, Du liebst mich!« lispelte er, indem er versuchte, ihren bleichen, abgewandten Mund zu küssen, »komm, lass' uns hier bleiben an diesem trauten, verschwiegenen Ort!« Er suchte sie mit Gewalt nach der Ruhebank zu lenken. »Hier stört uns Niemand – –«

Diese Worte brachten sie zur Besinnung. Denn wie ein Blitz hatte sie dabei der Gedanke an ihren Gatten durchzuckt. Wenn er mittlerweile in den Park gekommen wäre – und sie nun suchte!

Sie machte eine gewaltsame Anstrengung, sich aus den Armen des Grafen loszumachen, der seine Lippen in ihr Haar gepreßt hatte; aber er umklammerte sie nur um so fester. Als er jedoch in ihren Zügen den Ausdruck der entsetzlichen Angst gewahrte, mit welcher sie von dem Hügel fortstrebte, fragte er betroffen: »Warum willst Du fliehen? – Wohin wollen Sie, Clotilde?«

Sie deutete in kraftloser Verstörung nach dem Tirolerhause hinunter.

»Dorthin?! Warum?«

»Ich erwarte –« Mehr konnte sie nicht hervorbringen.

»Wen? Wen erwarten Sie?« drängte er, ohne sie völlig loszulassen. Und da sie nicht mehr antwortete, setzte er hinzu: »Ihren Gatten?«

Sie ließ bejahend das Haupt sinken.

Nun gab er sie langsam frei. »Das ist freilich fatal,« sagte er mit unterdrücktem Aerger. »Er darf uns nicht beisammenfinden. Am allerwenigsten hier. Aber ich komme morgen – komme jeden Tag wieder. Um dieselbe Stunde –«

Sie hörte ihn nicht mehr. Sie strich mit beiden Händen über ihr losgegangenes Haar und taumelte die Höhe hinunter.

Er aber blieb eine Weile aufrecht stehen und blickte verdrossen in die Gegend hinaus. Dann schüttelte er den Kopf und entfernte sich mit vorsichtigen Schritten.

VI.

Als jetzt Clotilde, ohne zu wissen wie, bei dem Tirolerhause angelangt war, sank sie auf die Bank neben der Thür und blickte starr
und ausdruckslos vor sich hin. Was war denn vorgegangen?! Sie
mußte sich erst darauf besinnen – und nun schlug sie, laut aufstöh-
nend, die Hände vor das Antlitz. »Mein Gott! Mein Gott!« Was sie
geahnt, was sie befürchtet, war eingetroffen. Eingetroffen in dem
Augenblick, wo sie sich bereits gerettet und geborgen glaubte! Vollzogen hatte es sich plötzlich, ohne Widerstand von ihrer Seite! Wil-
lenlos hatte sie in den Armen des Grafen gelegen – und nur mehr
eines Haares Breite hatte sie von dem Abgrund getrennt, in den sie
als Ehebrecherin unrettbar versunken wäre! Und war sie es denn
eigentlich nicht schon? Ein Anderer, als ihr Gatte, hatte sie verlan-
gend an sich gezogen, hatte sie – sie schauderte auf – Du genannt,
hatte mit brennenden Lippen ihrem Scheitel ein Mal aufgedrückt.
Wie sollte sie jetzt dem Freiherrn entgegentreten – entweiht, ge-
brandmarkt! Und nicht der begehrliche Mann mit den dunklen
Augen war an dem Allen schuld – nein, nur sie, sie ganz allein in
ihrer entsetzlichen Schwäche und Hilflosigkeit! Jede andere Frau an
ihrer Stelle und unter solchen Umständen würde den Versucher
abgewiesen – ihn wenigstens zum Scheine zurückgestoßen haben!
Und sie – sie hatte nicht einmal ein Wort der Zurechtweisung, ge-
schweige denn ein gebieterisches der Abwehr gefunden! Und wenn
er morgen wieder an sie herantrat, fehlte ihr gewiß wieder die
Kraft! O was für ein Weib war sie!? Welch ein verächtliches Ge-
schöpf! Welch' unerhört feige, erbärmliche Natur! Nicht werth, daß
sie die Sonne beschien, deren goldige Lichter vor ihr auf der Wiese
glänzten und funkelten!

Sie sprang auf und eilte in die Zimmer empor. Dort schloß sie
rasch die nach dem äußeren Gang offene Thür, schloß alle Fensterläden. Nun war es dunkel um sie her; nur die Gegenstände, deren
Anblick sie noch vor einer Stunde so glücklich gemacht, dämmerten
in gespenstischen Umrissen auf. Auch das konnte sie nicht ertragen;
sie sank auf den harten Sitz an der Wand und schloß die Augen.
Nun war es finster und still wie im Grabe. O läge sie darin!

Aber wurden jetzt nicht von unten herauf Tritte vernehmbar? Klangen sie nicht schon auf der Treppe? Das war ihr Gatte! Ihr Herz stand still – und doch nicht so still, wie sie es gewünscht hätte. Der Freiherr hatte leicht an der Klinke gedrückt und fragte mit halber Stimme durch die Spalte herein:»Bist Du hier, Clotilde?«

Sie regte sich nicht.

Nun hatte er die Thür ganz geöffnet und sah bei dem Lichtschein, der von draußen hereinfiel, wie sie lang ausgestreckt dasaß, todtenbleich, mit zurückgesunkenem Haupte.

»Clotilde!« rief er, erschrocken auf sie zueilend.»Was ist Dir? Mein Gott, was ist geschehen – ?«

Sie gab noch immer keinen Laut von sich.

Er befühlte ihre Stirn, faßte ihre kalte, leblose Hand.»Clotilde«, wiederholte er, auf's äußerste beängstigt,»was ist Dir?«

»Frage mich nicht.« erwiderte sie jetzt dumpf.

»Was soll das heißen?« drängte er, indem er sich an ihrer Seite niederließ.»Sprich, rede – ich bitte Dich!«

Sie schlug die Augen auf und starrte, ohne ihn anzusehen, wie in's Leere.»Ich bin verloren,« sagte sie.

»Verloren?!« rief er aus.»Verloren –« wiederholte er tonlos, während plötzlich eine entsetzliche, unfaßbare Vermuthung in ihm aufdämmerte.

»Ja,« sagte sie.

Ihm war es, als läge er im Fieber und habe ein entsetzliches Traumgesicht. Aber nein: es war ja Wirklichkeit – etwas Entsetzliches mußte vorgefallen sein. Was immer auch: vor Allem Klarheit, vollständige Gewißheit! Er sagte daher sanft:»Laß diese rätselhaften Aussprüche, Clotilde. Sage mir, was geschehen ist. Hörst Du, Clotilde? Vertrau' es mir an – mir, Deinem Gatten, der Dich liebt – so unsäglich liebt –«

Bei dem Ton dieser Stimme, bei der Berührung seiner Hand, die jetzt mit aufmunterndem Kosen über ihre Schläfe und Wange strich, überkam sie ein so gewaltiges Weh, daß ihr die Brust zerspringen wollte. Endlich brach sie in einen Strom von Thränen aus.

Er ließ sie weinen. Dann brachte er seinen Mund dicht an ihr Ohr und sagte weich und flüsternd: »Ich will Dir zu Hilfe kommen. Sage mir: hängt Dein verzweifelter Zustand mit – mit dem –«

Er vollendete nicht; denn ein rasches Aufschluchzen Clotildens sprach deutlich genug.

Und nun, da er die Gewißheit hatte, um was es sich handelte, begann er zu forschen, allmälig, mit äußerster Vorsicht und Zartheit. Aus den leisen, kaum andeutenden Fragen, die er an sie richtete, aus halben Worten, unterdrückten Geberden, krampfhaftem Weinen erfuhr er, was sich zugetragen – und athmete auf.

»Armes Kind!« sagte er nach einer Pause, »armes Kind! – Und weiß ich jetzt Alles?« setzte er leise hinzu.

Sie bejahte mit stummem Senken des Hauptes.

»Nun dann,« fuhr er fort, die Hand auf ihren Scheitel legend, »dann sei ruhig. Denn es wird Alles wieder gut werden.«

Sie fuhr mit halbem Leibe empor und blickte ihn mit schreckhaftem Erstaunen an. »Das ist nicht möglich,« sagte sie tonlos.

»Warum nicht? Liebst Du ihn denn?«

»Nein!« rief sie, die Arme vorstreckend. »Es war nur Schwäche – entsetzliche Schwäche.«

»Nun,« erwiderte er, indem er sie jetzt mit sanfter Gewalt an sich zog, »wenn Du ihn nicht liebst, wenn Du fühlst, daß Deine Zuneigung für mich die gleiche geblieben ist, dann ist ja auch Alles wie früher.«

Sie sah ihn ausdruckslos an. »Es kann nicht wie früher sein. Denn Du mußt mich jetzt verachten – aufs tiefste verachten.«

»Verachten?« sagte er innig. »Nein, ich verachte Dich nicht, ich liebe Dich! Und daher ist es auch jetzt meine Pflicht, Dich Dir selber zurückzugeben.« Er war bei diesen Worten aufgestanden und schritt, ernst vor sich hinblickend, in dem dämmerigen Raume auf und nieder.

Sie folgte ihm mit den Augen. Es war, als habe ein Hoffnungsstrahl in ihrem verstörten Antlitz aufgeleuchtet. Plötzlich aber fragte sie zitternd: »Was willst Du thun?«

»Das ist meine Sache,« entgegnete er fest.

Sie sprang auf. Ein entsetzlicher Gedanke hatte sie durchzuckt. Es war offenbar: er trug sich mit einer Herausforderung an den Grafen! So pflegen ja die Männer mit der Ehre ihrer Frauen die eigene wieder herzustellen! Mein Gott! Er wollte mit seinem Leben für sie einstehen – für sie, die sich des Lebens nicht mehr werth fühlte!

»Nein,« rief sie, »das darfst Du nicht! Du darfst es nicht!«

Er sah sie befremdet an; denn er verstand nicht gleich, was sie sagen wollte. Erst der Ausdruck namenloser Angst, mit dem sie ihm jetzt flehend die Arme entgegenstreckte, brachte ihn darauf.

»Fürchte nichts,« entgegnete er mit ruhigem Lächeln. »Ich kämpfe nicht mit solchen Waffen. – Aber fasse Dich jetzt, Clotilde. Es ist hohe Zeit – wir müssen nach dem Schlosse zurück. In solchem Zustande darf Dich Niemand sehen.«

Sie fühlte, daß er Recht habe und daß sie ihm schuldig sei, äußere Haltung zu bewahren. Instinktiv trat sie vor einen kleinen Spiegel, der an der Wand hing, ordnete ihre Haare, benetzte ihre verweinten Augen aus einem Glase, das halb mit Wasser gefüllt neben der Staffelei stand, und frischte ihr Antlitz auf.

Er war auf sie zugetreten. »Sei guten Muthes, Clotilde,« sagte er, indem er ihr den Arm bot. Es wird bald Alles wie ein böser Traum hinter uns liegen.«

Sie versuchte ein schwaches Lächeln; dann gingen sie.

VII.

Der Freiherr erschien heute allein zu Tisch. »Die Baronin ist unwohl,« bedeutete er dem Kammerdiener. Dieser schaffte sofort das aufgelegte zweite Gedeck bei Seite, ohne sich irgendwelche Gedanken zu machen; denn es war ihm bekannt, daß die Herrin, wenn auch selten, dann aber um so heftiger an Migräne leide und sich in solchem Falle stets gänzlich zurückziehe.

Mit der äußeren Ruhe eines Weltmannes, der im Leben jede Art von Selbstbeherrschung erlernt und geübt hatte, nahm der Freiherr das Diner ein, wenn auch flüchtiger als sonst; was ja nicht auffallen konnte, da er ohne Gesellschaft speiste. Er athmete aber befreit auf, als endlich der Kammerdiener das Kaffeebrett mit der kleinen chinesischen Tasse und dem silbernen Kännchen vor ihm niedersetzte und hierauf verschwand. Nun konnte er sich, in den Stuhl zurückgelehnt, vollständig seinen Gedanken überlassen.

Was sich da zugetragen, hatte ihn nicht ganz unerwartet getroffen. Ein Vorgefühl davon hatte auf ihm mit dumpfem Drucke gelegen seit jenem Tage, an welchem er die Zuschrift des Gemeindevorstehers erhalten. Aber nach Art erfahrener Naturen wollte er nicht vorschnell an ungewiß drohende Dinge rühren, um nicht etwa den Gang derselben zu beschleunigen; er vermied es später sogar, seine Gemahlin zu beobachten, auf daß er durch verfrühte Wahrnehmungen nicht aus dem Gleichgewicht gebracht werde. Da sich aber nun Alles, überraschend genug, vollzogen hatte, erkannte er auch sofort sehr deutlich, wie klar und einfach die Sache lag – und Clotilde allein war es, die er dabei unmittelbar in's Auge faßte. Er selbst kam ja gar nicht in Betracht; er war ein alter Mann, den nur getroffen hatte, was ihn früher oder später einmal treffen mußte – und Graf Poiga-Reuhoff war eben ein gewohnheitsmäßiger Roué, gegen welchen er für seine Person nicht einmal Gereiztheit empfand, den er nur mit Hinblick auf den Seelenzustand Clotildens haßte. »Armes Weib!« flüsterte er vor sich hin. »Welche Zukunft steht ihr bevor!« Aber nicht die Zukunft galt es jetzt zu bedenken, nur die Gegenwart. Und über diese mußte sie unter allen Umständen hinweg gebracht werden!

Als jetzt der Kammerdiener wieder eintrat, sagte er: »Ich möchte heute dem Herrn Rittmeister einen Besuch machen, da ich ihn das erste Mal nicht angetroffen und blos eine Karte zurückgelassen habe. Erkundigen Sie sich, ob er zu Hause ist. Lassen Sie aber nichts von meiner Absicht verlauten; vielleicht besinne ich mich noch anders.«

Er erhielt bald die Meldung: der Graf befinde sich in seiner Wohnung. Nachdem er noch eine Weile sitzen geblieben, begab er sich auf sein Zimmer, um eine Änderung in seinem Anzuge vorzunehmen. Dann griff er nach seinem Hute und schritt langsam die Treppe hinunter.

Es schlug eben vier Uhr, als er quer über den Hof dem Amtshause zuschritt. Auf einer der Stallbänke sah er den Reitknecht des Grafen sitzen, träg hingelümmelt neben dem Wachtmeister, mit welchem er in einer Unterhaltung begriffen schien. Sobald der Wachtmeister des Schloßherrn ansichtig wurde, erhob er sich und salutierte; der Reitknecht aber, ein bartloser, in der Art solcher Leute hochmüthiger Bursche, zögerte sichtlich; erst als der Freiherr gerade auf ihn zutrat, erhob er sich rasch und brachte den Stummel einer Virginia-Cigarre, den er mehr kaute, als rauchte, aus dem Munde.

Der Freiherr sagte, er wünsche den Grafen zu sprechen; wie er gehört habe, sei derselbe zu Hause.

»Ja,« erwiderte der Bursche in schwer verständlichem Deutsch; »aber er schläft. Ich habe jedoch den Befehl, ihn um vier Uhr zu wecken. Es ist jetzt gerade Zeit,« fuhr er mit einem Blicke nach der Schloßuhr fort, »und ich werde den Herrn Baron melden.«

»Thun Sie das,« versetzte der Freiherr, »ich werde einstweilen hier warten.« Und er schlug die Richtung nach dem Rondél in der Mitte des Hofes ein, wo er den kleinen Teich zu umschreiten begann.

Es dauerte ziemlich lange, bis der Andere mit der Nachricht zurückkam: der Herr Graf lasse bitten, einstweilen oben Platz zu nehmen, er werde gleich erscheinen.

Der Freiherr folgte nun dem Reitknechte, der offenbar auch die Verrichtungen eines Dieners besorgte, in das Eintrittszimmer, wo es ziemlich wüst aussah. Auf einem niederen Schranke gewahrte man, neben einer Anzahl von Gerten und Reitstöcken, die Mütze und die Handschuhe des Grafen; zwei Säbel, ein schwerer und leichter, lehnten in einer Ecke, und auf dem Tische vor dem Sofa lag bei den Resten eines Frühstücks, die jetzt der Bursche rasch entfernte, ein zur Hälfte gerauchter Tschibuk. Obgleich ein Fenster offen stand, war doch ein scharfer Geruch nach türkischem Tabak im Gemach verbreitet, der sich dem Freiherrn, welcher selbst nicht rauchte, höchst unangenehm aufdrängte. Durch die geschlossene Thür des Nebenzimmers herein klang das zornige, ab und zu herrisch beschwichtigte Gekläff eines Hundes, der den Fremden witterte; dazwischen Schritte und Geräusche, welche verriethen, daß der Graf eben im raschen Ankleiden begriffen war.

Endlich öffnete sich die Thür, durch deren Spalt sofort ein gelber, affenartiger Pintscher laut aufbellend dem Freiherrn entgegenschoß; auf einen drohenden Ruf seines Herrn kroch er unter das Sopha, wo er leise nachknurrte.

»Ich muß sehr um Entschuldigung bitten, Excellenz,« sagte der Graf, indem er den erst halb eingeknöpften Uniformrock vollends schloß, »ich muß sehr um Entschuldigung bitten, daß ich Sie so lange habe warten lassen, aber ich war auf Ihren Besuch durchaus nicht vorbereitet – –.« Seine Bewegungen waren hastig, unsicher und ließen Verlegenheit erkennen.

»Vielmehr muß ich Sie, Herr Graf, um Verzeihung bitten, daß ich zu so wenig geeigneter Stunde bei Ihnen erschienen bin –.«

»O, das hat gar nichts zu sagen,« unterbrach ihn der Andere, während sich nun Beide setzten. »Wir machen jetzt größere Übungen, die einigermaßen ermüdend sind – und da habe ich eine Stunde geschlafen –.«

»Nun, es war immerhin eine Störung – aber ich habe Ihnen eine dringende Mittheilung zu machen.«

»Eine dringende Mittheilung? Welcher Art, wenn ich fragen darf?«

»Dürfte ich mir vielleicht erlauben, jenes Fenster zu schließen?« sagte der Freiherr nach einer kurzen Pause, indem er Miene machte, sich zu erheben.

»O sehr gern!« rief der Graf und sprang zuvorkommend auf. »Excellenz fürchten wahrscheinlich die Zugluft?«

»Nein. Ich fürchte nur, daß meine Mittheilung Erörterungen nach sich ziehen könnte, welche besser im Hofe nicht gehört werden.«

Der Graf zuckte zusammen. Er konnte kaum mehr im Zweifel sein, um was es sich handeln würde; jetzt aber hatte er auch sofort die vollständigste Fassung gewonnen. »Excellenz treffen sehr seltsame Vorkehrungen,« sagte er kurz.

»Sie dürften vielleicht nöthig sein. Ich mochte Sie sogar bitten, im Vorhause nachzusehen, ob nicht Jemand –«

Der Graf blitzte ihn mit seinen dunklen Augen zornig an. »Was soll das heißen? Ich bin von keinen Spionen umgeben und bitte Sie, zur Sache zu kommen.«

»Wie es Ihnen beliebt. Ich für meine Person pflege niemals sehr laut zu sprechen – und eigentlich handelt es sich ja nur um eine Bitte, die ich Ihnen vortragen werde. Wenn Sie ihr Gewährung schenken, so entfällt jede weitere Verhandlung von selbst.«

»Und was wäre das für eine Bitte?« fragte der Graf, der sich wieder gesetzt hatte und nun die Arme über der Brust verschränkte.

»Daß Sie diese Behausung so bald, wie nur irgend möglich, verlassen möchten.«

»Herr Baron!«

»Bleiben Sie ruhig, Herr Graf,« sagte der Freiherr sanft. »Betrachten Sie es wirklich nur als Bitte.« Es klang in der That ein flehender Ton durch diese Worte.

Der Andere blickte mit zusammengezogenen Brauen vor sich hin. »Und aus welcher Veranlassung richten Sie diese Bitte an mich?«

»Aus Rücksicht für meine Frau.«

Eine dunkle Röthe schoß in das Antlitz des Grafen. »Sie hat Ihnen gesagt?« – fragte er halb verwundert, halb wegwerfend.

»Ja, sie hat es mir gesagt.«

»Nun also!« versetzte der Graf nach kurzem Schweigen, indem er hochmüthig den Kopf zurückbog. »Wenn Sie nicht gekommen sind,

Rechenschaft von mir zu fordern, dann ist auch alles Weitere höchst gleichgültig. Denn Sie begreifen doch, daß Ihre Frau Gemahlin fortan vor mir sicher ist – ganz sicher!«

Diese Worte trafen den Freiherrn wie Peitschenhiebe; aber er zuckte nicht einmal mit den Wimpern. »Das begreife ich sehr wohl,« sagte er ruhig. »So einfach jedoch liegen die Dinge nicht. Was da vorgefallen, hat meine Frau derart angegriffen, daß eine dauernde Seelenstörung zu befürchten ist.«

»Die Baronin scheint sehr schwache Nerven zu haben!« rief der Graf höhnisch.

»Ohne Zweifel. Und deshalb sehen Sie auch ein, daß ich unter keiner Bedingung von Ihnen Genugthuung fordern darf. Ich habe vielmehr, was meine Person anbetrifft, gar kein Gewicht auf die Sache zu legen und nur zu trachten, daß meine Frau sich beruhigt. Sie muß *vergessen* lernen – und dazu ist vor Allem nothwendig, daß Sie nicht mehr hier sind.«

»Eine höchst eigentümliche Auffassung!«

»Gewiß, diese Auffassung ist keine alltägliche. Aber wie Sie auch darüber denken mögen, Eines werden Sie nach reiflicher Erwägung klar erkennen: daß Ihnen unter allen Umständen die Pflicht erwächst, das Geschehene möglichst ungeschehen zu machen.«

Der Graf war nachdenklich geworden. Die ruhig ernste, ergreifende Sprache des Freiherrn verfehlte offenbar nicht, Eindruck zu machen. Aber bald gewann seine Natur wieder die Oberhand.

»Nein! Nein!« rief er, sich ungestüm vom Sessel erhebend. »Ich kann mich nicht so ohne weiteres fortweisen lassen!«

»Sie werden nicht fortgewiesen. Es ist Ihr freier Entschluß, eine Änderung herbeizuführen.«

»Aber wie soll ich es anstellen?« rief der Bedrängte ärgerlich mit dem Fuße stampfend. »Kann ich denn so Knall und Fall – – ? Was würde man unten – im Kreise der Kameraden dazu sagen? Es würde Aufsehen erregen – ja man könnte sogar muthmaßen –«

»Um Muthmaßungen kümmere ich mich nicht.«

»Und jedenfalls würde man einen anderen Officier heraufsenden. Sie kämen da vielleicht nur aus dem Regen in die Traufe!«

Der Freiherr bewegte sich auf dem Sopha, aber er sagte mit eisiger Ruhe: »Das fürchte ich nicht. Wiederholungen ereignen sich nicht so rasch nacheinander.«

Der Graf sah ihn halb erstaunt, halb verächtlich an und erwiderte nichts mehr. Denn plötzlich wurden schwere, wuchtige Tritte vernehmbar, die unter Sporengeklirr die Treppe heraufkamen.

»Es ist jemand von meinen Leuten,« sagte er jetzt. Und da nun schon mit schüchterner Plumpheit an der Thür geklopft wurde: »Herein!«

Ein stattlicher Unteroffizier trat in's Zimmer, den Helm auf dem Kopfe, die Diensttasche umgehängt. Er nahm Stellung und salutierte automatisch. Dann zog er ein großes versiegeltes Schreiben hervor und überreichte es seinem Vorgesetzten, der es erbrach. Während des Lesens nahmen die Züge des Grafen einen eigenthümlichen Ausdruck an.

»Es ist gut. Sagen Sie meinem Wachtmeister, daß er die Leute zum Befehl antreten lassen soll.«

Als er mit dem Freiherrn wieder allein war, wandte er sich an diesen. »Der Zufall ist Ihnen günstig, Herr Baron. Wissen Sie was dieses Blatt enthält? Den Marschbefehl. Wir müssen sofort zur ungarischen Armee stoßen. Morgen mit dem frühesten verlassen wir das Schloß.«

Ohne eine Zeichen der Ueberraschung oder der Befriedigung erhob sich der Freiherr und sagte mit einer Verbeugung: »Dann ist unsere Unterredung zu Ende. Wäre das Blatt gestern eingetroffen, so wäre sie nicht nothwendig geworden.«

Kaum hatte er sich zum Abgehen gewendet, als auch schon der Hund unter dem Sopha hervorschoß und sich mit wüthendem Gebell an seine Fersen heftete. Ein Fußtritt seines Herrn ließ ihn schmerzvoll aufheulen. »Verdammte Bestie!« rief der Graf mit unterdrückter Stimme, während das Thier winselnd in einen Winkel flüchtete.

Allein geblieben, schritt er mit sichtlich unangenehmen Gedanken und Empfindungen im Zimmer auf und nieder. »Ach was!« sagte er endlich, schnippte mit den Fingern und schnallte seinen Säbel um.

Während dessen hatte Clotilde auf dem Ruhebette ihres durch geschlossene Jalousien verdüsterten Zimmers gelegen. »Ich muß Dich nun für einige Zeit Dir selbst überlassen,« hatte der Freiherr zu ihr gesagt, als er sich zu Tisch hinunter begab. »Vielleicht ist es Dir erwünscht. Aengstige Dich nicht, es wird Alles gut werden.«

Aber kaum allein, empfand sie sofort wieder aufs tiefste, daß es nie und nimmer gut werden könne. Einen Augenblick zwar hatte sie bei den milden, zärtlichen Tröstungen ihres Gatten aufgeathmet; einen Augenblick war das Leben, sonnenhell wie früher, aus der dunklen Nacht der Verzweiflung, die sie umgab, aufgetaucht – jetzt aber versank es wieder. Sie fühlte, daß Etwas in ihr gebrochen und vernichtet war, das nicht wieder hergestellt werden konnte. Ja, die klare Ruhe, der heitere Frieden ihrer Seele war verloren – verloren für immer. Was frommte es, daß ihr Gatte entschuldigte und verzieh, was sie sich selbst niemals würde verzeihen können? Der heutige Tag ließ sich in ihrem Gedächtnisse nicht auslöschen. Seit jeher hatte sie nur in ganz reiner Lebensluft zu athmen vermocht; die leiseste Trübung drohte sie zu ersticken. Schon von klein auf war sie so gewesen. Ein geringes Versehen, das sie sich zu Schulden kommen ließ; ein noch so sanfter Tadel ihres Vaters – die Mutter hatte sie schon sehr früh durch den Tod verloren – oder von Seiten ihrer Lehrer erfüllte sie mit solchen Gewissensbissen und Selbstvorwürfen, daß sie oft wochenlang aus kindlichem Gram und Kummer nicht herauskam. Mit welch ängstlicher Scheu war sie als Mädchen Allem aus dem Wege gegangen, was sie in Versuchung und Gefahr hätte bringen können; denn eine innere Stimme sagte ihr, daß ihr die Kraft des Widerstandes fehle – daß sie fallen würde, ohne sich wieder erheben zu können. Darum liebte sie so die Stille und Zurückgezogenheit; da konnte sie ihr Wesen frei und furchtlos entfalten, da konnte sie gedeihen; – Verwickelungen und Conflicte brachten ihr den Tod ....

Sie schauerte. Wie kalt war es im Zimmer trotz des heißen Sommertages! Sie breitete eine leichte Decke über sich und schloß die Augen. Und wie sie jetzt so dalag, überkam sie ein eigenthümlicher Zustand. Es wurde ihr so weh zu Muthe – und doch wieder so wohl. Gerade wie beim Beginn einer schweren Krankheit, wo die Welt in vagen Umrissen zu verdämmern beginnt – wo alles Nahe in immer weitere Ferne gerückt wird. Nur manchmal durchzuckte ein namenloser Schmerz ihre Brust. Denn da dachte sie ihres edlen Gatten, der glücklichen Jahre, die sie mit ihm verlebt hatte – dachte an den schönen stillen Park, an das Tirolerhaus – an ihre Landschaft – ihre geliebten Bücher ....

Sie zog die Decke höher hinauf. Ein seltsamer dumpfer Druck lastetete auf ihrer Stirn und indem sie die Augen schloß, versank sie in einen lähmenden Halbschlaf, der sie mit verworrenen Traumgesichten umgaukelte. Es war nichts Ungeheuerliches, nichts eigentlich Beängstigendes. Die verschiedenartigsten Gestalten tauchten auf und verschwanden wieder, oder gingen eine in die andre über. Sie sah ihren Vater, sah ihre Mutter, von der sie sich sonst kein recht deutliches Bild mehr machen konnte; sie sah sich selbst als ganz kleines Mädchen mit einem Geburtstagsstrauß in der Hand; ihren Gatten als ganz jungen Mann in einem grünen Frack mit gelben Knöpfen, wie er auf einer von Daffinger gemalten Miniatur dargestellt war; sah den Grafen auf einem Feuer sprühenden Pferde, ihr Kammermädchen mit dem Aussehen einer alten Magd in ihrem elterlichen Hause – einen langen Zug von Reitern auf schwarzen, seltsam beflorten Rossen....

Jetzt schrak sie auf. Ihr Gatte, der über sie gebeugt stand, hatte sie sanft auf die Stirn geküßt. »Du hast geschlummert?« fragte er leise.

»Ja – es scheint,« erwiderte sie, während ihr neuerdings die ganze Wucht ihres Elends fühlbar wurde.

Und nun theilte er ihr mit, was sich zugetragen. Er hatte gehofft, sie würde dabei immer leichter, immer freier aufathmen. Aber sie hauchte nur tonlos: »Mein Gott! Mein Gott! Dieser eine Tag!«

»Ja,« sagte er erschüttert und zugleich beruhigend, »es ist traurig, daß alles menschliche Glück und Unglück zuletzt meistens nur von solchen Schickungen abhängt. Doch tröste Dich: es ist jetzt Alles vorbei.«

Sie ergriff die Hand, die er ihr reichte; aber das Herz lag ihr wie Eis in der Brust.

VIII.

Am folgenden Nachmittag saß der Freiherr am Schreibtische und richtete folgenden Brief an Frau Charlotte Nespern in Wien:

»Ich schreibe Ihnen in größter Beängstigung, liebe Tanti Lotti! Meine theure Clotilde, welche sich schon gestern unwohl gefühlt, ist heute in den frühen Morgenstunden von einem Schüttelfroste befallen worden, in welchem ich sofort den Vorboten einer ernstlichen Erkrankung vermuthete. Dennoch unterließ ich es, auf ihre Einsprache hin, nach einem Arzte zu schicken, denn der Anfall ging vorüber, und nur eine gewisse Abspannung war zurückgeblieben, welche Clotilde bewog, im Bette zu bleiben, wo sie auch späterhin in einen, wie es schien, ruhigen und erquickenden Schlaf verfiel. Aber gegen Mittag erwachte sie unter erneuten Fiebererscheinungen – und nun zögerte ich keinen Augenblick, nach dem Doctor zu senden, der aber, wie das schon so zu gehen pflegt, nicht anzutreffen war, da er sich zu einem Kranken außerhalb der Ortschaft begeben hatte. Es konnte nur der Auftrag hinterlassen werden, daß er nach seiner Rückkunft sogleich im Schlosse erscheine. Bis jetzt (vier Uhr) ist er noch nicht da – und ich fange bereits an, die Minuten zu zählen; denn das Fieber ist im Zunehmen begriffen und die geliebte Kranke, obgleich sie nicht darüber klagt, scheint an den quälendsten Kopfschmerzen zu leiden. In dieser verzweifelten Gemüthslage schreibe ich diesen Brief mit der innigen Bitte: wenn es Ihnen die Umstände nicht ganz und gar unmöglich machen, so eilen Sie hierher und stehen in voraussichtlich schwerer Zeit bei Ihrer Sie zärtlich liebenden Nichte und Ihrem treu ergebenen Günthersheim.«

Der Freiherr hatte das Schreiben hastig fertig gestellt und dann durch einen Diener eilends zur Post bringen lassen. Es gab damals noch keine Telegraphenverbindungen, auch keine Eisenbahnen, die von den Hauptlinien abzweigten, und so mußten wenigstens vier Tage verstreichen, eh' die sehnlich herbei Gewünschte eintreffen konnte. Der besorgte Gatte begann den Zustand der völligen Verlassenheit, in welchem er sich jetzt mit der Kranken befand, auf's verzweifeltste zu empfinden.

Nunmehr aber wurde das Erscheinen des Arztes gemeldet. Der Freiherr ging ihm rasch entgegen und führte ihn in das Zimmer, wo

Clotilde lag, das Antlitz erhitzt, die Stirn mit einem kühlenden Umschlag bedeckt.

Der Doctor, ein hoher Fünfziger mit stark geröthetem, pockennarbigem Gesicht, trat auf seinen Stock gestützt – denn er hatte ein lahmes Bein – mit einer plumpen Verbeugung an das Bett und betrachtete sie aufmerksam. Dann entfernte er den kalten Bausch und befühlte die Stirn. »Diese Umschläge nützen nichts – Eis! Eis!« Er setzte sich auf einen Stuhl und prüfte den Puls der Kranken, an die er einige kurze Fragen richtete.

»Hm« – machte er nach einer Pause. »Ich werde eine Kleinigkeit verschreiben.« Damit erhob er sich und hinkte schwerfällig aus dem Zimmer.

Der Freiherr war ihm gefolgt und fragte jetzt ängstlich: »Nun, lieber Doctor – nun?«

»Cerebrales Fieber« erwiderte dieser trocken, indem er sich nach Schreibzeug umsah.

»Ich bringe Ihnen sogleich das Nöthige. – Aber sagen Sie: halten Sie den Zustand für sehr gefährlich?«

»Es kann eine Gehirnentzündung werden. Hat die Frau Baronin in letzter Zeit eine Aufregung durchgemacht?«

Trotz seiner Selbstbeherrschung und obgleich er auf die Frage vorbereitet gewesen, fühlte der Freiherr, wie er erröthete. »Sie hat sich allerdings einen Vorfall sehr zu Herzen genommen, aber –«

»Hm, ja. Kinderlose Frauen in solchem Alter und –« er warf einen eigentümlichen Blick auf den Freiherrn. »Uebrigens wer weiß, wie die Dinge zusammenhängen. Excellenz haben ja hier oben auch Einquartierung gehabt? Nicht wahr?«

Der Freiherr konnte eine Geberde der Betroffenheit nicht unterdrücken. »Ja, gewiß –«

»Nun also. Ich kann Ihnen nur sagen, daß seit einigen Tagen im Orte Typhusfälle vorkommen. Vielleicht haben die Dragoner Etwas eingeschleppt und nun als Andenken zurückgelassen.«

Um seine Erregung zu verbergen, trat der Freiherr ins Nebenzimmer und brachte ein kleines zierliches Tintenfaß sammt Feder und Papier herein.

»So,« sagte der Doctor, nachdem er rasch ein Recept geschrieben,«das ist Alles, was ich thun kann. Im Uebrigen fortgesetzte Eisumschläge, kühlende Getränke. Unter allen Umständen aber möchte ich ihnen rathen, noch einen Arzt zu Rathe zu ziehen. Ich übernehme in solchen Fällen nicht gern allein die Verantwortung. Denn ich gelte, obgleich ich mein Diplom in der Tasche habe –« er schlug dabei an die Hüfte – »in den Augen vieler Leute doch nur als Landbader. Eine Capacität aus Prag – oder gar aus Wien hieher zu bescheiden, ist es freilich zu spät.«

»Zu spät!« rief der Freiherr angstvoll.

»Ja; denn die Krisis pflegt oft sehr rasch einzutreten.«

»Aber eine günstige Wendung ist doch möglich!«

»Möglich, ja. Schicken Sie daher gleich einen Wagen nach Trautenau – zu Doctor Lederer. Ein Schüler Oppolzers. Er ist zwar ein sonderbarer Heiliger und wird sich spreizen – schließlich aber kommen. Allerdings kann auch er vor zwölf Stunden kaum da sein,« fügte der Doctor nachdenklich hinzu.

»Sie beängstigen mich auf's äußerste!«

»Na! Na! Verlieren Excellenz den Kopf nicht. Eines muß ich Ihnen noch sagen, damit Sie nicht etwa allzu sehr erschrecken: es werden voraussichtlich schon heute Delirien eintreten. Jedenfalls komme ich Abends wieder. Guten Tag!«

Mit dieser gedankenlos gesprochenen Grußformel, die ihm bei jedesmaligem Kommen und Gehen zur Gewohnheit geworden, entfernte er sich und überließ den Freiherrn einer stummen Verzweiflung.

»Mein Gott! mein Gott! Sollte es schon so weit und keine Rettung mehr sein?« flüsterte endlich der qualvoll Bedrückte und begab sich mit leisen Schritten in das Krankenzimmer zurück. Er beugte sich über Clotilde, die in unruhigem Schlummer zu liegen schien, und faßte leicht ihre Hand. Bei dieser Berührung schlug sie die Augen auf und sah ihn wie fremd an. Dann aber lächelte sie, und er fühlte, wie sich ihre Finger zu sanftem Drucke schlössen.

»Wie fühlst Du Dich?« fragte er.

»O nicht schlechter,« erwiderte sie mit matter Stimme. »Nur müde, sehr müde – ich möchte in einemfort schlafen.«

»Nun, schlafe, mein Kind, schlafe,« sagte der Freiherr zärtlich. Aber wir werden Eisumschläge machen müssen.«

»Das wird mir Wohl thun,« hauchte Clotilde, während sie schon die Lider geschlossen hatte.

Inzwischen war Eis gebracht worden und der Freiherr traf selbst die ersten Anstalten. Dann überließ er dem Kammermädchen die weitere Sorge, um jetzt die Absendung, des Wagens nach Trautenau veranlassen zu können. Er that es, wie er sich selbst eingestand, ohne tröstliche Erwartung. Denn mit jener ahnungsvoll düsteren Voraussicht, welche reifen und vielgeprüften Menschen eigen ist, zweifelte er bereits an einem glücklichen Ausgange. »Ich baue auf Ihre Umsicht,« sprach er zu dem Kammerdiener, den er mit der Botschaft an den Arzt betraute, »und weiß, daß Sie nichts verabsäumen werden.«

Dann kehrte er zu der Kranken zurück, hieß das Mädchen einstweilen sich entfernen und nahm dicht an dem Bette Platz. Clotilde schlummerte. Aber sie bewegte Kopf und Arme hin und her; ihre weißen Finger schienen von dem blauen Atlas der Bettdecke Flocken auflesen zu wollen.

Langsam, bleischwer zogen die Stunden vorüber, während draußen die Sonne tiefer und tiefer sank und ihr letztes röthliches Gold durch die Spalten der Jalousien schimmern ließ.

Was war das plötzlich? Clotilde hatte die Lippen bewegt und unverständliche Worte gemurmelt. Er glaubte, sie gälten ihm, und neigte sein Haupt tief zu dem ihren hinab. Aber sie bemerkte es offenbar nicht.

»Willst Du Etwas, Clotilde?« fragte er leise.

Keine Antwort; nur erneutes, stärkeres Gemurmel – unverständliche Worte.

Sein Herz erstarrte. Die beginnenden Delirien! sprach es in ihm.

Immer unruhiger wurde die Kranke; sie warf ächzend und stöhnend den Kopf hin und her, und schien dabei mit unsichtbaren Personen zu sprechen.

Wenn er nur verstehen könnte! Und jetzt waren ihm auch einige Worte deutlich in's Ohr gedrungen. Es waren französische Worte! Sie hatten sich Beide im gegenseitigen Verkehr dieser Sprache nur selten bedient; ja Clotilde hegte eine Art Abneigung dagegen, denn sie hatte sie in ihrer Jugend äußerst schwer und mühsam erlernt und später nur sehr unvollkommen beherrscht. Und jetzt – in ihrer Krankheit.– in der Bewußtlosigkeit ihres Geistes griff sie darnach!

»Le chéval! Le chéval!« stieß sie jetzt, furchtbar aufschreiend, hervor und richtete sich mit halbem Leibe auf. Plötzlich aber sank sie wieder zurück, streckte sich lang aus und verblieb regungslos.

Der Freiherr nahm dies Alles wahr im ungewissen Dunkel des Gemaches. »Clotilde!« rief er entsetzt. »Clotilde!«

Sie blieb stumm.

»Mein Gott!« ächzte der Freiherr. »Wenn nur Doctor –«

Aber der trat auch eben jetzt, so leise wie es ihm möglich war, durch die Thür, von dem ängstlich blickenden Mädchen gefolgt, welches das Licht einer Kerze mit vorgehaltener Hand dämpfte.

»O Doctor, sehen Sie nur ....«

Dieser nahm dem Mädchen das Licht ab und ließ den vollen Schein auf Clotilde fallen. Sie lag noch immer ganz starr; ihr schönes Antlitz war verzerrt, die Mundwinkel herabgezogen.

»Mein Gott, Doctor, was ist das?«

Dieser schien selbst erschrocken; er hatte diesen Anblick offenbar nicht erwartet. »Trismus – Trismus« sagte er endlich. »Ist Senfmehl im Hause? Rasch!«

Das Mädchen eilte fort.

Aber schon trat Etwas ein, das den Freiherrn erschaudern machte. Ein plötzliches Schüttern ging durch den Körper seiner Frau; die Augen öffneten sich weit, die Finger krampften sich zusammen und mit zischenden Athemstößen schnellte die Kranke wiederholt im Bette empor.

»Konvulsivischer Anfall!« rief der Doctor. »Ein so akuter Verlauf ist mir in meiner ganzen Praxis noch nicht vorgekommen. Sobald einige Beruhigung eintritt, werde ich sofort einen Veneneinschnitt appliciren. – Aber jetzt, Excellenz, ist es Zeit, daß Sie nach dem Geistlichen schicken.«

Der Freiherr zuckte zusammen. Daran hatte er gar nicht gedacht. Dem Geiste seiner Zeit gemäß war er kein Ungläubiger; auf religiöse Gebräuche und Feierlichkeiten jedoch hatte er, so wie seine Gemahlin, die ihre stille Andacht am liebsten in der kleinen, im Erdgeschoß gelegenen Schloßkapelle verrichtete, seit jeher nur wenig Gewicht gelegt. Jetzt aber sollte Clotilde mit den Sterbesakramenten versehen werden, und die tiefernste Bedeutung des Augenblickes fiel ihm erschütternd auf die Seele.

Es traf sich, daß der Ortspfarrer, der durch einen Diener in Kenntniß gesetzt wurde, seit einigen Tagen selbst unwohl war und daher seinen Cooperator entsenden mußte; dieser erschien auch in kurzer Zeit.

Der Freiherr war ihm die Treppe hinunter entgegengegangen und befand sich einem ganz jungen Geistlichen gegenüber, der erst vor Kurzem aus dem Alumnat getreten sein konnte. Eine schmächtige, hoch aufgeschossene Gestalt mit blonden Haaren und einem zarten, fast mädchenhaften Gesichte, das Befangenheit und Verlegenheit ausdrückte. Als ihm jetzt der Freiherr mit zitternder Stimme auseinandersetzte, wie so ganz unvorhergesehen und rasch der traurige Fall eingetreten – und daß die Kranke bewußtlos sei, erwiderte er, hoch erröthend: »O ich verstehe, ich verstehe – ich werde die heilige Handlung so rasch wie möglich vornehmen.«

Die Augen zu Boden gesenkt, betrat er das matt erhellte Zimmer und erhob den Blick erst, als er dicht vor der Kranken stand, bei welcher der Doctor inzwischen eine leichte Blutentziehung angewendet hatte. Mit bebender Stimme und bebender Hand nahm er, während die Anderen in dem Hintergrunde des Zimmers knieten, die Ceremonie der letzten Oelung vor; er wagte dabei das regungslose, bleiche junge Weib kaum anzusehen, und es glich einer Flucht, als er nach einem kurzen Gebete das Zimmer verließ.

Der Freiherr war ihm nachgeeilt und ergriff draußen dankend seine Hand. »Gott schütze Sie!« murmelte der Priester, hastig abwehrend, und entfernte sich mit dem Meßner, der jetzt im Hofe sein Glöckchen erklingen ließ.

Als der Freiherr zurückkehrte, fand er den Doctor am Bette, trübselig das Haupt gesenkt. Beide blickten nun schweigend auf Clotilde, aus deren schönem Antlitz die Verzerrung verschwunden war. Aber sie hatte die Augen geschlossen und athmete hastig und stoßweise.

»Doctor!?« flehte leise der Freiherr.

Der andere schüttelte muthlos den Kopf. »Sopor! Sopor!« sagte er leise.

»So muß ich mich auf das Aeußerste gefaßt machen?«

»Ich glaube. Was geschehen konnte, ist geschehen. Es wäre jetzt an der Natur, sich selbst zu helfen. Jedenfalls bleibe ich hier. Ich darf mich wohl ein wenig da drinnen auf das Sopha hinstrecken?« Mit diesen Worten zog er sich in das anstoßende Zimmer zurück.

Der Freiherr jedoch kniete am Bette nieder. Bis zu dieser Minute war sein Auge trocken geblieben. Der furchtbare Krampf seines Inneren hatte keine Lösung finden können. Jetzt aber machte er sich in Thränen Luft. Zuerst drängten sie sich einzeln, tropfenweise zwischen den Wimpern hervor, aber immer strömender, immer heißer weinte sie der gebrochene Mann auf die geliebte Hand nieder, die er umfaßt hielt ....

»Doctor! Doctor!«

Dieser fuhr, aus dem kurzen Schlafe, in den er verfallen war, von dem Freiherrn wachgerüttelt, empor.

»Ein neuer Anfall! Ein neuer Anfall!«

»So, so,« sagte der Doctor, sich etwas mühsam zurechtfindend, und folgte in das Krankenzimmer.

Der Anfall war heftig, aber kurz. Clotilde lag wieder ruhig da; sie schien jedoch kaum mehr zu athmen.

Und nun geschah Etwas, das nur Diejenigen kennen, welche an Sterbebetten gestanden haben. Clotilde öffnete mit einemmale die

Augen und richtete sich mit halbem Leibe empor. Ausdruckslos blickte sie um sich; dann kehrte sie ihr Antlitz langsam dem Gatten zu. Sah sie ihn? Sah sie ihn nicht? Wer konnte es sagen? Unverwandt, aber verglast blieben ihre Augen auf ihn gerichtet. Plötzlich lächelte sie; dann fiel sie in die Kissen zurück, seufzte tief auf – und ihr Kinn sank zur Brust hinab.

Der Freiherr von Günthersheim beugte sich über die Leiche.

IX.

Wie er den Rest der Nacht und den Morgen durchlebt, wie er den eingetroffenen zweiten Arzt empfangen, darüber konnte er später sich selbst keine Rechenschaft ablegen. Mit jener an Stumpfsinn grenzenden Apathie des Schmerzes traf er und hieß er die Anstalten treffen, welche nunmehr zum Begräbniß nothwendig erschienen. Er wurde dabei von dem wackeren Doctor unterstützt, der offenbar Mitleid mit dem vereinsamten Manne hatte; auch der Ortsvorsteher fand sich ein, um das Beileid der Gemeinde auszusprechen und sich dem Freiherrn zur Verfügung zu stellen. Und wie denn die Frauen bei ähnlichen Anlässen stets bemüht sind, eine warme und werkthätige Theilnahme zu bezeigen, so hatten einige angesehene Einwohnerinnen nicht ermangelt, der weiblichen Dienerschaft, welche sichtlich den Kopf verloren hatte, bei den letzten Diensten, die der todten Herrin zu erweisen waren, an die Hand zu gehen.

Und so war auch die Stunde gekommen, wo Clotilde im Salon aufgebahrt lag, von hochragenden Wachslichtern umflackert. Man hatte sie in schwarze Seide gekleidet, ihr einen Kranz aus weißen Rosen um die Stirn und ein kleines goldenes Cruzifix in die gefalteten Hände gelegt. Der Freiherr war im Innersten gegen solche Zurschaustellung gewesen; aber er konnte und durfte dieselbe den Menschen nicht entziehen, die jetzt voll scheuer Neugierde in Schaaren heraufkamen, die schöne todte Schloßfrau zu bewundern und zu betrauern. Und während dessen saß er im anstoßenden Gemache allein, ganz allein. Er hörte die vorsichtig gedämpften Schritte der Ab- und Zugehenden; hörte stilles Geflüster und unterdrücktes Weinen. Er aber konnte nicht weinen; wäre Tante Lotti hier gewesen, so wären mit ihren auch seine Thränen geflossen. Sie allein war es, die er entbehrte – aber sie konnte ja im besten Falle erst übermorgen eintreffen. Und so blieb sein heißes Auge trocken; blieb es die endlos lange Nacht hindurch, während welcher zwei arme Frauen an der Leiche beteten; blieb es, als er den letzten Kuß auf die Stirn seines Weibes drückte. Nur wie im Traum nahm er wahr, daß man jetzt den Sargdeckel über ihr schloß, wie im Traum sah er den Pfarrer mit zwei Kaplänen in weißen Chorhemden und goldgestickten Stolen eintreten; hörte die monotonen Gebete, die halb gesungenen, halb gesprochenen Responsorien, athmete den betäubenden Duft, der qualmend aus dem geschwungenen Weihrauchfasse drang. Und jetzt wurde der Sarg gehoben und fortgetragen. Hinter ihm folgten die Priester, hinter den Priestern er selbst. Dann die schwarzgekleidete Dienerschaft und endlich die Honoratioren des Ortes, welche mit ihren Frauen dicht gedrängt den Sarg umstanden hatten. Und so ging es in langsamem Zuge die Avenue hinunter, hinunter durch den heißen, leuchtenden Sommertag, hinunter zur Ortskirche, wo die Todte bis auf weiteres in einem zum Schloßbesitz gehörenden Gruftgewölbe beigesetzt wurde. Erst als er sich wieder – ein Wagen, der nachgefahren war, hatte ihn zurückgebracht – allein im Schlosse befand, erwachte er. Und da brach auch sein Jammer hervor und erfüllte die einsamen Gemächer mit stöhnender Wehklage.

Tante Lotti war angekommen. Er hatte sie stumm in seine Arme geschlossen und dann ein leise abwehrendes Zeichen mit der Hand gemacht. Daraus hatte sie entnommen, daß er nicht gefragt sein wollte – und sie frug nicht. Wozu auch? Daß Clotilde gestorben war, das wußte sie, und sie fand sich in diese Thatsache, wie sich starke und vielgeprüfte Naturen in das Unabänderliche zu finden wissen. War sie doch nicht außer sich gerathen, als man ihr den Sohn sterbend in's Haus gebracht. Sie hatte nicht, wie andere Mütter an ihrer Stelle gethan haben würden, mit Gott und der Weltordnung gehadert, nicht die teuflische »Camarilla« und die entmenschte »Soldateska« verflucht, nein: der Jüngling hatte sich im blauen Legionärrock, die Flinte auf der Schulter, zu voraussichtlichem Kampfe aufgemacht – konnte sie es Wunder nehmen, daß er jetzt mit durchschossener Brust vor ihr lag? Freilich, daß ihre Nichte in der vollsten Blüthe des Lebens so plötzlich dahin gerafft worden war, entzog sich jeder Voraussetzung. Aber wie viele Menschen erkranken und sterben nicht auf der weiten Erde? Auch die junge Frau hatte dieses Loos getroffen. Tief schmerzlich für den armen Gatten; schmerzlich auch für sie, die auf das Kind des Bruders all die segnende Liebe übertragen wollte, welche sie dem eigenen nicht mehr weihen konnte. Als kluge und erfahrene Frau hatte sie gefühlt, wie nothwendig gerade Clotilden, deren Ehe kinderlos geblieben, eine mütterliche Freundin sein mußte – umso nothwendiger, je mehr ihr Gatte in den Jahren vorschritt. Aber sie hatte auch sofort das Bewußtsein, nunmehr für diesen leben und sorgen zu müssen. Sie war auf seinen Brief über Hals und Kopf von Wien abgereist und hatte dort manches höchst Wichtige unerledigt zurückgelassen. Dennoch wollte sie jetzt für's Erste hierbleiben und abwarten, bis sich der Trostlose einigermaßen gefaßt haben würde.

Und der Freiherr faßte sich auch allmälig. Das heißt, es wurde ihm nach und nach vollkommen klar und deutlich, was sich eigentlich zugetragen hatte. Sein geliebtes Weib war ihm weggestorben, einer Gehirnentzündung erlegen. Also einer Krankheit. Was aber hatte die Krankheit hervorgerufen? Jene Begegnung im Parke mit dem Grafen Poiga. Der also war ihr Mörder! Doch nein! Was hatte er denn gethan? Nicht mehr und nicht weniger, als was jeder Andere an seiner Stelle – was vielleicht der Freiherr selbst in seinen jüngeren Jahren – einer schönen Frau mit einem alternden Gatten gegenüber gethan haben würde. Konnte der Graf die Folgen voraussehen – ja auch nur ahnen? Nein. Denn keine andere Frau hätte sich dieses Abenteuer so zu Herzen genommen. Er jedoch, ihr Gatte, hätte sie kennen und es wissen sollen. Und so war es auch seine Pflicht gewesen, sie vor solchen Fährlichkeiten zu bewahren, zu schützen. Aber die Schuld lag noch viel tiefer. Er hatte als Fünfzigjähriger ein junges Mädchen geheirathet, hatte ein aufblühendes Leben an sein verwelkendes gefesselt. Und doch – das Mädchen hatte ihn geliebt! Es hatte als Weib zehn Jahre lang mit inniger Neigung an ihm gehangen! Dennoch durfte er damals nicht um sie werben. Denn als reifer, überlegter Mann mußte er voraussehen, daß die Natur im Laufe der Zeit gegen diesen Bund Protest einlegen würde. Und er gestand sich jetzt, daß ihn solche Bedenken auch wirklich stark beunruhigt hatten, aber von seiner Selbstsucht, von seinem Verlangen nach dem köstlichen Besitz waren sie zum Schweigen gebracht worden. Ja, es war ein Verbrechen, daß er um sie geworben! Was aber wäre geschehen, wenn er es nicht gethan? Sie würde einen Anderen geheirathet haben. Sie wäre jetzt noch eine glückliche Gattin – vielleicht eine glückliche Mutter. Bei diesem Gedanken krampfte sich sein Herz zusammen. Worin jedoch lag die Bürgschaft, daß es sich, bei all den Zufälligkeiten, die das menschliche Wohl bedingen, bei all den Gefahren, die es bedrohen, wirklich so verhalten würde? Wer konnte behaupten, daß Clotilde unter anderen Verhältnissen glücklicher – ja auch nur so lange glücklich gewesen wäre, wie sie es mit ihm war. Hätte sie nicht schon in ihrem ersten Wochenbette sterben können? Er athmete freier auf. Ja, ein Menschenschicksal läßt sich in all seinen Möglichkeiten nicht berechnen, und wenn er an dem seines geliebten Weibes Schuld trug, so büßte er es jetzt durch ein vereinsamtes, qualvolles Dasein, dem der erlösende Tod – er fühlte es im Tiefsten seiner Seele – nicht so bald nahen würde.......

Dennoch ging er jetzt daran, alle nothwendigen letztwilligen Anordnungen so rasch zu treffen, als sollte er morgen sterben. Für's Erste hinsichtlich seines Vermögens. Er war kein reicher Mann: ja ohne den bedeutenden Ruhegehalt, den er vom Staate bezog, hätte er sich sehr einschränken müssen. Die Ersparnisse, welche die Günthersheim vor ihm zurückgelegt, waren von seinem Vater zum Ankauf des Gutes verwendet worden, das, weil man es nicht in eigener Verwaltung haben konnte oder mochte, nur geringe Erträgnisse abwarf. Er selbst hatte es blos als Sommeraufenthalt geschätzt – und das Schloß sollte einst der Wittwensitz seiner theuren Clotilde werden; denn daß er vor ihr zu Grabe gehen würde, unterlag keinem Zweifel. Nun war es freilich anders gekommen. Aber was sollte jetzt mit dem Gute geschehen? Es lebten zwar noch Anverwandte des Freiherrn; aber Keiner, den er für würdig erachtete, daß er ihm den Besitz vererbe. Sie sollten Alle, je nach ihren persönlichen Verhältnissen, durch Legate oder Jahresrenten befriedigt und versorgt werden – auch jene, die es nicht um ihn verdient hatten. Das Gut selbst aber, sammt allen darauf haftenden Lasten und mit dem ausdrücklichen, in schmerzlicher Pietät für die Verblichene wurzelnden Vorbehalt: daß das Schloß auf die Dauer von fünfundzwanzig Jahren nicht als Wohnsitz benützt werden dürfe, sollte nach seinem Tode der Ortsgemeinde zufallen. Damit waren dieser die Mittel an die Hand gegeben, durch größere industrielle Unternehmungen und Errichtung gedeihlicher öffentlicher Anstalten den Marktflecken – wie es das ehrgeize Streben der Einwohnerschaft war – im Laufe der Zeit zum Range einer Stadt zu erheben.

Nachdem der Freiherr diese Schenkung urkundlich besiegelt hatte, zog er die letzte Ruhestätte der Verewigten in Erwägung. Für jetzt war sie, wie es die Umstände erheischten, in die entlegene Gruft gebracht worden. Dort aber, bei den fremden Todten, durfte sie nicht bleiben. Ganz in seiner Nähe sollte sie ruhen, an dem Orte, den sie im Leben so sehr geliebt. Der Gedanke, ihr an der Stelle des

Tirolerhauses ein kleines Mausoleum zu errichten, beschäftigte ihn. Aber ein solches Grabmal erschien ihm doch zu gesucht, zu aufdringlich – und so wendete er sich an das Landesconsistorium mit dem Ersuchen, die Leiche seiner Gemahlin in der Schloßkapelle beisetzen zu dürfen, woselbst sie bis zu seinem eigenen Ableben zu verbleiben hätte. Dann aber sollten beide Leichen nach Wien überführt und dort auf dem Sankt Marxer Friedhofe in der Grabstätte seiner Eltern und Großeltern zur ewigen Ruhe bestattet werden. Ueber diesen Entschlüssen und Anordnungen war allmälig der Herbst in's Land gezogen. Die Tage wurden kürzer und kürzer; Schwärme von Nebelkrähen hockten in den Wipfeln des Parkes, dessen Pfade sich mit abfallendem Laube bedeckten. Und die Novemberstürme fingen an, um das Schloß zu brausen, wo der Freiherr einsam hauste. Und doch nicht ganz einsam. Tante Lotti hatte inzwischen ihre Angelegenheiten in Wien geordnet und war zu ihm zurückgekehrt. Der harrenden Theilnahme dieser Vielgeprüften erschloß er endlich den ganzen Umfang, die ganze Bedeutung seines Schmerzes. Sie begriff – und verstand zu trösten. An ihrer Seite betrat er zum ersten Male wieder Clotildens Gemächer, die er bis jetzt, den überwältigenden Eindruck fürchtend, gemieden hatte. Und nun wurden ihm auch die verlassenen Räume mit all den Reliquien eines für immer dahingegangenen Daseins zu einem theuren Besitze, bei dem er jetzt öfter und öfter verweilte, in Erinnerung versunken und von sanfter Wehmuth durchschauert.

Und als es nun wieder allmälig Frühling wurde, die Weiße Schneedecke, die sich ringsum ausgebreitet hatte, wegschmolz – und in dem ergrünenden Rasen des Parkes Veilchen und Primeln zum Vorschein kamen: da schlug der Freiherr eines Tages den Weg nach dem Tirolerhause ein. Mit zitternder Hand öffnete er Thüren und Fenster, und ließ die warme, sonnige Luft in die stillen, leicht nach Moder duftenden Räume dringen. Da befand sich Alles noch an derselben Stelle, wie damals! Die Landschaft an der Staffelei – die Bücher, eines davon aufgeschlagen. Und dort stand auch das Glas, in welches Clotilde den Zipfel ihres Tuches getaucht hatte, um die Thränenspuren im Antlitz zu verwischen! Er verhüllte das seine mit den Händen.«Mein Gott! Mein Gott!« Die Erinnerung an jene entsetzliche Stunde überfiel ihn mit ganzer Macht.....

Er wankte die Stufen hinab und ließ sich auf die Bank nieder, wo sie so gerne gesessen hatte. Vor ihm lag die Wiese in neuer Triebkraft; über ihm, in den schlanken Birkenzweigen, wiegte sich mit zartem Gezwitscher eine Meise; ein erster, hellgelber Falter flatterte dicht an ihm vorüber. Befreiende Wehmuth überkam ihn nach und nach; es war ihm, als säße Clotilde in ihrem breitrandigen Strohhute an seiner Seite – und legte, wie sie es gewohnt war, ihre Hand in die seine ......

Und nun weilte er fast täglich dort. Schon blühte in sanften Farben der Akelei, den man auf Wunsch der Schloßfrau, die ihn so sehr liebte, gepflanzt hatte, und der so reich und üppig gedieh, daß im Mai alle Rasenhänge davon überdeckt waren. Und dann kam die Zeit der Rosen, die Zeit der Nelken – und endlich die der Georginen und Astern....

So zog Jahr um Jahr dahin, und der Freiherr selbst begann ein Pflanzenleben zu führen – das stille Pflanzenleben des Alters. Seine Denkwürdigkeiten, die er begonnen hatte, waren für's erste liegen geblieben. Als er sie später wieder aufnehmen wollte, erschienen ihm diese Aufzeichnungen nicht mehr wichtig genug, da sich inzwischen im Staate eine Neugestaltung der Dinge anzubahnen schien, wie sie einst seinem Geiste vorgeschwebt hatte. So ließ er denn die Papiere ruhen und begnügte sich mit dem Bewußtsein seines früheren Wollens. –

Als seit dem Tode Clotildens fast ein Decennium verstrichen war, fühlte sich der Freiherr eines Abends unwohl. Es war in der ersten Frühlingszeit, die ihn wieder in den Park und zu dem Tirolerhause geführt hatte. Er mochte sich während der Stunden, die er dort zubrachte, erkältet haben: der herbeigerufene Arzt stellte eine Lungenentzündung fest. Die Krankheit ging jedoch in normalem Verlauf vorüber, und im Mai konnte sich Günthersheim, wenngleich noch sehr geschwächt, doch als genesen betrachten.

Mittlerweile hatte sich gegen das mit Frankreich verbündete Italien der Krieg vorbereitet, dessen rasche und folgenschwere Ereignisse der Freiherr, wie so viele Einsichtige, mit ahnungsvollen Befürchtungen verfolgte. Als er eines Vormittags in seinem Zimmer die Zeitungsberichte über die Schlacht bei Magenta las, fand er unter den gefallenen Officieren einen Obersten Graf Poiga-Reuhoff verzeichnet. In diesem Augenblick entsank das Blatt seiner Hand.

Als nach einiger Zeit der Kammerdiener eintrat, sah er seinen Herrn mit gesenktem Haupte auf dem Sopha sitzen und glaubte, er schlafe. Sich leise nähernd, erkannte er, daß er todt war. Eine Lungenlähmung war plötzlich eingetreten.

X.

Die beiden Särge waren nach Wien gebracht worden. Auch Tante Lotti hatte sich dorthin begeben und laut testamentarischer Vollmacht mit sich genommen, was von intimerem Werthe war; alles Uebrige wurde an Arme und Bedürftige vertheilt, so daß nur, was gewissermaßen niet- und nagelfest war, im Schlosse zurückblieb. Dieses selbst aber wurde nunmehr an allen seinen Eingängen versperrt und die Schlüssel dem Gemeindevorstand überantwortet, der seinerseits einen verläßlichen Mann als Aufseher anstellte. Mit seiner Familie im Amtshaufe untergebracht, hatte dieser darüber zu wachen, daß nichts in Verfall gerathe; wie denn auch zweimal des Jahres alle Räumlichkeiten geöffnet wurden, um die nothwendige Lüftung und Säuberung vorzunehmen.

Inzwischen war die neue Aera wirklich angebrochen und eine fröhliche Wahlbewegung ging durch's Land. Lang erhoffte Einrichtungen, erlösende Gesetze machten sich geltend, aber mit ihnen auch tiefere nationale Spaltungen, die fast in allen Theilen der Monarchie zu Tage traten. Es war ein freierer, aber auch unruhigerer Geist in die Zeit gekommen, deren Hauch von nun an das stille Schloß umwehte, während die Mauern allmälig eine düstere Färbung annahmen und auf den unbetretenen Gängen der Avenue sich langhalmiger Graswuchs entwickelte.

Plötzlich wurde es von feindlichen Truppen überschwemmt. Denn der Krieg des Jahres 1866 hatte sich in die Nähe gezogen und die Kanonen donnerten in der Runde. Man hatte das weitläufige Gebäude einem preußischen General erschließen müssen, der dort sein Heerlager aufschlug.

Auch das ging vorüber und es wurde wieder still auf der einsamen Höhe. Unten aber regte sich auf's neue der Gewerbefleiß friedlicher Hände – und der Marktflecken dehnte sich weiter und weiter aus. Ein stattliches Schulhaus, ein neues Rathhaus in gothischem Rohbau erhoben sich – und als nun gar auf frisch gelegten Schienen die erste Lokomotive vorüberdampfte: da war auch das Ziel erreicht – und der Ort zum Range einer Stadt erhoben worden. Und schließlich waren auch die fünfundzwanzig Jahre abgelaufen, welche dem Schlosse neue Bewohner ferne gehalten hatte.

Mit demselben Tag aber, an welchem diese Frist zu Ende ging, waren auch schon ganze Schaaren von Handwerkern erschienen, welche nunmehr daran gingen, das verlassene Gebäude nach jeder Richtung hin im modernsten Geschmacke aufzufrischen und einzurichten. Denn einer der bedeutendsten Industriellen des Landes, der sich im Laufe der Jahre ein erstaunliches Vermögen erworben, war bei einer Geschäftsreise von diesem, gewissermaßen in der Luft schwebenden Herrensitze in Kenntniß gesetzt worden und hatte sofort hinsichtlich des Erwerbes in der ganzen früheren Gutsausdehnung ein glänzendes Angebot gethan. Die Väter der jungen Stadt gingen um so rascher auf den Verkauf ein, als damit alle weiteren Sorgen und Mühen der Verwaltung entfielen und das Gemeindevermögen um ein beträchtliches, zur Stunde flüssiges Capital wuchs. Und so hielt denn, nachdem im Schlosse die zahlreichen, vordem sehr einfach gehaltenen Gemächer durchweg mit neuen Parketböden, mit goldgemusterten Tapeten, mit Sammt, Seide, Spitzen und stylvollen Möbeln ausgestattet, die Vorhalle und die Treppen mit Nischen und Statuen, mit kostbaren Teppichen und exotischen Gewächsen ausgeschmückt waren, an einem dunklen Septemberabend der neue Besitzer seinen Einzug – und zwar bei elektrischem Lichte, dessen weißes Fanal die Avenue weithin erhellte.

Selbstverständlich waren auch bedeutende Eingriffe in den Park geschehen. War doch dieser im Laufe der Jahre mit seinem Unterholze derart in's Laub geschossen, daß eine förmliche Durchforstung Platz greifen mußte. Dabei fielen auch alle vermorschten Eremitagen, Tempelchen, Brückchen und Ruhebänke, die sammt und sonders aus Birkenästen hergestellt waren; nur das Tirolerhaus an der großen Wiese hatte man als wunderliches Denk- und Wahrzeichen einer engbrüstigen und geschmacklosen Vergangenheit unberührt gelassen. Auch konnte man dort immerhin vor einem plötzlich niedergehenden Regen Schutz finden, oder auch an kühlen Herbsttagen das Gouter einnehmen. Als man aber das Letztere wirklich einmal ausführte, da zeigte sich, daß die Räumlichkeiten für die höchst zahlreiche Familie des neuen Schloßherrn sammt allen Hofmeistern, Gouvernanten und Bonnen doch viel zu klein und unbequem waren. Die Damen konnten keinen rechten Platz zum Sitzen finden – und die Herren stießen mit den Hüten an die

Decke. Oeffnete man die Fenster, so drang empfindliche Zugluft herein; schloß man sie, so waren die Zimmerchen – denn auch die Damen rauchten Cigaretten – alsbald mit unerträglichem Tabaksqualm angefüllt. Und welche Bruthitze mochte in der schönen Jahreszeit hier innen herrschen! Man mied also das Haus im nächsten Sommer vollständig; nur die englische Gouvernante, eine ältliche Miß mit messingblonden Haarwickeln, suchte es jezuweilen an Sonntagen auf, um, von keinem Menschen gestört, in der Bibel lesen zu können. Und als im darauf folgenden Winter das Unerhörte geschah, verwegene Strolche nächtlicherweile einbrachen und alles Bewegliche wegschleppten: da kam man auch sofort zu dem Entschlusse, den alten »Kasten« dem Erdboden gleich zu machen und an seiner Stelle ein geräumiges, den Anforderungen modernen Comforts entsprechendes Sommerhaus zu errichten. Wirklich entstand auch, wie hervorgezaubert, in kürzester Zeit ein ganz stattliches Gebäude im Schweizerstyl, von dessen breiter, luftiger Terrasse man bequem auf einen weit abgesteckten Lawntennis-Platz niederblicken konnte, der einen guten Theil der Wiese einnahm. Dort bewegen sich, wenn – was häufig geschieht – das Schloß zahlreiche Gäste beherbergt, anmuthig jugendliche Gestalten in vollem Eifer des körperbiegenden Spieles. Die Herren in Jockeymützen und farbigen Wollenhemden; die Damen, hochgeschürzt, in grell bunter Tracht – Alle aber in gelben, mit Gummi besohlten, absatzlosen Schuhen. Und während unten bei fröhlichen Scherzen und schallendem Gelächter die Bälle hin und her, oder über das Gitternetz fliegen: weilt oben auf der Terrasse eine Schaar gesetzterer Männer und Frauen in anregendem Geplauder. Da wird Alles berührt, Alles gelobt oder getadelt, begriffen oder mißverstanden, was der Tag bringt: die neuesten Verordnungen der Regierung und die neuesten Moden; die Schwankungen der Curse und die Differenzen zwischen diesem oder jenem Theaterdirector und dieser oder jener Schauspielerin. Die letzte sensationelle Ehescheidung, das letzte siegreiche Rennpferd, der Sozialismus, der Hypnotismus und die Erzeugnisse der naturalistischen Schule. So regt und bethätigt sich geräuschvoll an dem Orte, wo Clotilde in tiefer Stille an der schwermüthigen Gluth Lenau's sich entzückte, an ihrer idealen Landschaft pinselte – und im Uebergefühle der Schuld zusammenbrach: ein neues, bestimmteres, zuversichtliches Geschlecht mit anderen Empfindungen und Anschauungen, mit anderen Zielen und Hoffnungen – daher auch mit anderen Schicksalen. Aber auch dieses Geschlecht wird dereinst zu den vergangenen zählen – und wieder ein neues ausblicken nach den ungewissen, ewig wechselnden Fernen der Zukunft.

Über tredition

Eigenes Buch veröffentlichen

tredition wurde 2006 in Hamburg gegründet und hat seither mehrere tausend Buchtitel veröffentlicht. Autoren veröffentlichen in wenigen leichten Schritten gedruckte Bücher, e-Books und audioBooks. tredition hat das Ziel, die beste und fairste Veröffentlichungsmöglichkeit für Autoren zu bieten.

tredition wurde mit der Erkenntnis gegründet, dass nur etwa jedes 200. bei Verlagen eingereichte Manuskript veröffentlicht wird. Dabei hat jedes Buch seinen Markt, also seine Leser. tredition sorgt dafür, dass für jedes Buch die Leserschaft auch erreicht wird.

Im einzigartigen Literatur-Netzwerk von tredition bieten zahlreiche Literatur-Partner (das sind Lektoren, Übersetzer, Hörbuchsprecher und Illustratoren) ihre Dienstleistung an, um Manuskripte zu verbessern oder die Vielfalt zu erhöhen. Autoren vereinbaren direkt mit den Literatur-Partnern die Konditionen ihrer Zusammenarbeit und partizipieren gemeinsam am Erfolg des Buches.

Das gesamte Verlagsprogramm von tredition ist bei allen stationären Buchhandlungen und Online-Buchhändlern wie z. B. Amazon erhältlich. e-Books stehen bei den führenden Online-Portalen (z. B. iBookstore von Apple oder Kindle von Amazon) zum Verkauf.

Einfach leicht ein Buch veröffentlichen: **www.tredition.de**

Eigene Buchreihe oder eigenen Verlag gründen

Seit 2009 bietet tredition sein Verlagskonzept auch als sogenanntes "White-Label" an. Das bedeutet, dass andere Unternehmen, Institutionen und Personen risikofrei und unkompliziert selbst zum Herausgeber von Büchern und Buchreihen unter eigener Marke werden können. tredition übernimmt dabei das komplette Herstellungs- und Distributionsrisiko.

Zahlreiche Zeitschriften-, Zeitungs- und Buchverlage, Universitäten, Forschungseinrichtungen u.v.m. nutzen diese Dienstleistung von tredition, um unter eigener Marke ohne Risiko Bücher zu verlegen.

Alle Informationen im Internet: **www.tredition.de/fuer-verlage**

tredition wurde mit mehreren Innovationspreisen ausgezeichnet, u. a. mit dem Webfuture Award und dem Innovationspreis der Buch Digitale.

tredition ist Mitglied im Börsenverein des Deutschen Buchhandels.

Dieses Werk elektronisch lesen

Dieses Werk ist Teil der Gutenberg-DE Edition DVD. Diese enthält das komplette Archiv des Projekt Gutenberg-DE. Die DVD ist im Internet erhältlich auf **http://gutenbergshop.abc.de**

FSC
www.fsc.org

MIX

Papier | Fördert
gute Waldnutzung

FSC® C083411

Zeitfracht Medien GmbH
Ferdinand-Jühlke-Straße 7
99095 Erfurt, Deutschland
produktsicherheit@kolibri360.de